あなたの涙は蜜の味

イヤミス傑作選

辻村深月／宇佐美まこと／篠田節子
王谷 晶／降田 天／乃南アサ／宮部みゆき
細谷正充 編

文芸文庫

○本表紙デザイン＋ロゴ＝川上成夫

あなたの涙は蜜の味――イヤミス傑作選　目次

パッとしない子

辻村深月

1

「ねえ、教頭先生に聞いたんですけど、松尾先生って高輪佑くんの担任だったって本当ですか？」

放課後の職員室で、事務員の前野に声をかけられた。

松尾美穂はやりかけのテストの採点から顔を上げる。あ、またその話か、と思いながら、「違うよ」と答える。

「授業には行ってたけど担任じゃないよ。私が担任してたのは、佑くんの三歳下の弟の方」

「うわー、すごい！　でも、じゃあ知ってるってことじゃないですか、『銘ｚｅ』の佑くんの小学校時代を」

「まあね」

高輪佑は、五人組男性アイドルグループ「銘ｚｅ」のメンバーの一人だ。どの子もみんな人気が高く、ダンスだったらこの子、歌だったらこの子、と個性ごとに定評がある中、彼のポジションはＭＣ担当だと言われている。頭の回転が速く、喋りのセンスが抜群だと大御所のお笑い芸人に褒められているところを、美穂もテレビで観た。

　年は今年で二十五歳。

　最近では、彼がメインで司会をする冠番組のようなものまであるし、ＣＭ出演も多く、テレビで観ない日はないと言っていい。「銘ｚｅ」のコンサートは、今やチケットが取れないことで知られるほどの人気公演だ。昨日もネットのトップニュースで、彼らが年末の大型歌番組の司会に抜擢（ばってき）されそうだ、という記事が出ていた。

　今や日本で知らない人のいない国民的アイドル。

　美穂の小学校四年生の娘でさえ、佑の映るテレビを観ながら「たすくんスマイル、最高！」などと言っている。この〝たすくん〟というのがファンからの佑の愛称だ。

「かわいかったんでしょうね、小学校時代のたすくん」

　まだ二十代の前野の顔が、夢見るような表情を浮かべる。

「彼、絵もプロ並みだって評価高いじゃないですか。その子に図工教えてたなんて、松尾先生本当にすごいですよ。なんか尊敬しちゃいます」

「授業に行ってたってだけだよ。もう、やめてよー」

　美穂は苦笑する。同じことを娘からもよく言われる。「ママ、たすくんに絵を教えてたなんて〝神〟だね」と。

「たすくん、その頃からもう輝いてました?」

「それがねぇ」

前野に問いかけられ、美穂は首を振る。

「子どもの頃は、あの子、パッとしない子だったんだよね。『銘ze』でデビューして、うちの小学校の出身だって聞いても、『え? あの子が?』って思っちゃったくらい。あの代だったら、目立ってたのはもっと別の子たちだったんだけど」

「えええー、そうなんですか?」

「うん。ダンスやってた子もいて、その子たちは確かに謝恩会で出し物とかも派手にしてたけど、佑くんはその中にもいなかったし、テレビで観るまで信じられなかった」

しかし、メディアに露出するようになってから見た顔には、確かに当時の面影があった。小学校時代の彼の面影はもちろんだが、美穂が担任していた弟とも顔立ちがよく似ている。弟の方は、兄に輪をかけてクラスの中では目立たない存在で、二年担任したけれど、やはり印象が薄い。

「あのルックスでも?」

「まあ、顔立ちはきれいな方だったけど、おとなしいっていうか、地味な性格? 絵も、今でこそすごいみたいだけど、図画コンクールでいつも入選する子は別の子だったし」

今メディアを通じて見る佑の絵は、ダイナミックな色使いで確かに芸能人が片手間にやっているにしては並外れたものを感じる。しかし、当時はまだその片鱗を見ることはなかった。

「そうなんですねー、意外」

「あ、でも、あの子が六年生の頃、運動会で入場門を作る係になってね。その時は私が図工担任だったから一緒に手伝って、いつもの年よりかなりいいものができた。その指導は確かにしたかな」

――先生、入場門の柱を真っ黒にしてもいいですか？

普段はおとなしいあの子がそんなふうに急に言ってきて、びっくりした。

毎年六年生の係が作ることになっている入場門は、白と赤の紅白カラーや、青空を連想させる水色とか、そういう爽やかな色だ。

驚いていると、彼が「杉崎先生に聞いたら、絶対ダメだって言われちゃったんですけど……」と目を伏せて言った。杉崎先生は、当時の彼の担任教師の名前だ。ポツポツと朴訥にしゃべる、その姿を見たら、放っておけない気持ちになった。

美穂は「いいよ」と答えた。

「杉崎先生には私が話しておいてあげる。佑くんの中には、作りたいものの設計図がちゃんと見えてるのよね？」

後に思い返して、この時、間違ったことを言わなくて本当によかった、と感じた。前代未聞の黒い入場門。子どもの気まぐれな思いつきだと切って捨てることもできただろうけど、なんだか予感があって、この時はそう答えたのだ。

彼がぱっと顔を上げ、「ありがとうございます！」と言った。あの時の笑顔は、なるほど、〝たすくんスマイル〟だったのかもしれない。

出来上がった入場門は、ベースの部分が黒で、その中に描かれた炎の赤が映える、とてもセンスのいいものだった。

当時、美穂はまだ二十六歳。今の佑とそう変わらない年だったのだと思うと、しみじみと感慨深い。あの頃はまだ独身で、子どもたちからも旧姓の「佐藤先生」と呼ばれていた。

あれから十三年。美穂は四十歳が見えてきたし、結婚して生まれた娘ももう小学校四年生だ。

昔あった入場門の一件を美穂が話して聞かせると、前野が「ほら、やっぱり！」と嬉しそうに胸の前で小さく手を合わせた。

「きっともうその頃に才能が芽生え始めてたんですよー。画用紙みたいな小さいものじゃなくて、そういう規格外に大きなものじゃなきゃ、たすくんの才能が収まらなかったってことでしょう？　そのチャンスをあげた松尾先生はやっぱりすごいです」

「そうかな」

「楽しみですね」

前野が言う。その声に、職員室の前方にある黒板を、美穂も見た。

日付の白い罫線（けいせん）が入り、月ごとの学校行事が書き込めるようになった黒板の、明日の日付の欄に、「『スペシャリスト』収録　高輪佑さん来校」と書いてある。

『スペシャリスト』は番組名だ。毎回、クリエイターや企業の社長など、特定の一人を選んで丹念な密着取材をすることで知られた番組で、その撮影にあたって佑が母校の小学校を訪れることになった。美穂は今朝も娘から「サインもらってきてよ！　ママだけずるい！」と言われたばかりだ。

「佑くんもきっと懐（なつ）かしいと思ってるんじゃないですか？　松尾先生に会えたらきっと喜びますよ」

「まあ、来るのは今井（いまい）先生のクラスにだし、会える機会があるかどうかわからないけどね」

明日、佑は六年一組の子どもたちに授業をした後、彼らと一緒に給食を食べる予定になっている。担任の、若い男性教師である今井が、「緊張しますよ。松尾先生、あの子って昔、どういう子だったんですか」と美穂にわざわざ聞いてきたのがしばらく前のことだ。「同じ男だけど、ぼくまでドキドキしちゃいます」と。

佑が小学校を卒業した後、数年して美穂も別の小学校に異動した。いくつかの学校を転任した後、初任地でもあったこの小学校に戻ってきたのが三年前のことだ。その頃には、佑の姿もテレビでかなり見るようになっていた。

担任ではなかったけれど、佑が通っていた当時の教師で今もここにいるのは美穂だけだ。

「楽しみですね」

前野が繰り返した。

2

撮影は順調に進行したらしい。

らしい、というのは、美穂は別の学年で授業をしていて収録に立ち会っていないからだ。朝の職員会議で、校長先生から今日テレビの収録があって人の出入りが激しいこと、生徒を極力動揺させないことなどが通達されたが、佑が教室にやってくる六年一組以外は通常通りの授業スケジュールだ。

朝、撮影用のワゴン車が駐車場に入り、テレビクルーの控室になった会議室の周りは確かに慌ただしい様子だったが、担当の教師以外はスタッフとすれ違っても挨拶(あいさつ)を交わす程度だった。校長たち数人が車から降りた佑を出迎えて控室に通したようだが、美穂は姿を見ていない。事務員の前野がお茶を出す時に顔を見たとかで「やばいです、たすくんスマイル！　マジ天使！」と、学校関係者が使うにはどうかと思うような言葉遣(づか)いで喜んでいた。

子どもたちを動揺させないように――、と言われたところで、佑の来校を知っている子どもたちがおとなしくできるはずもない。教室の空気は授業中もどことなく皆、そわそわしていた。

「先生、もうたすくん来たんですかー？」

図工の授業に行っていた五年生のクラスの女子から質問され、美穂はそれに「はい。関係ないこと喋らない！」と苦笑して返す。

「あー、六年生の子たち、いいなぁ」と彼女がため息を落とした。

三時間目の授業中、校庭の方から「わああー」とすごい歓声が上がった。

その声に、ベランダ側の席の子たちがみんな腰を浮かす。美穂が注意する間もなく、窓を開けて一人が「たすくん！」と声を上げる。どうやら六年一組の教室に行く前に佑が校庭に出たらしい。体育をしていた二年生たちが、女子も男子もキャーキャーと、悲鳴に近い声を上げている。

教壇に立つ美穂のところからも、校庭の隅を歩く佑らしき姿が見えた。表情まではっきり見えないけれど、明らかに普通の人とは違う雰囲気の青年が歩いている。シンプルなポロシャツとパンツ姿なのに、いいものを身に着けていることが伝わってくる。テレビに出る人たちは、いつ見ても新品同様のようなものを着ているけれど、こういう時もスタイリストがついたりするのだろうか。

生徒たちがみんな窓辺に走り、手を振ってたちまち「たすくーん！」と彼を呼び始める。彼が校舎を仰いで手を振り返す気配があり、それにまたきゃー！　と悲鳴が上がった。どこで知ったのか、校庭を囲んだフェンスの向こう側に撮影を見に来たらしい近所の人たちが立っているのが見えた。杖をついたお年寄りやベビーカーを引いた若いお母さん。皆、節度を保って遠巻きに見るだけだが、それに佑が手を振ったりお辞儀をするだけで、見えない風に吹かれたように人垣がわーっとうねりを作る。

佑はすぐに校舎に戻ったようだが、二年生の体育の隊列は乱れたままだ。フェンス越しの大人たちも興奮さめやらぬ様子でまだそこに残っている。スターが一瞬姿を現した余韻が校庭の周りをまだ取り巻いている。

「松尾先生って、昔、佑くんの担任だったんですよね？」

はい、みんな、席に戻って。かっこよかったのはわかるけど、今は授業中ですよ、そんなふうに声をかける美穂に、窓際の席の女の子が尋ねてくる。美穂はまたその話か、と思いながら、「うん、そうだよ」と答えた。

本当は弟の方の担任だったのだけれど、面倒で、ついそう答えた。「すごーい」「いいなぁ！」「ずるーい」と上がる女子たちの声に、「ずるいって何よ」と苦笑する。

給食の時間が終わり、掃除の時間になって職員室にいると、ふいにまた廊下のあたりがざわついた。美穂がなんとなく顔を出すと、会議室の前で、校長と教頭が並んで「お疲れさまでした」と頭を下げている。六年一組の担任の今井が、「今日はありがとうございました」とお礼を言うのが聞こえた。

「子どもたちにとって、今日の経験はすごく刺激になったと思います」

「いえ、ぼくの方こそ」

声が聞こえた瞬間、無意識に背筋が伸びた。

会議室の前、校長と教頭の後ろ姿の間に佑の姿が見える。――テレビで観るよりずっと華奢で、肌が白く、瞳が輝いている。小学校時代を実際に知っているけれど、少年のまま年を取ったようにきれいな子だ。生きて動いているのが奇跡に思えるくらい――こういうのを芸能人オーラというのだろうか。

けれど、それでもやはり昔の面影がある。テレビで観るより、実際に会った方がより鮮明に、昔の顔と重なる部分があった。すっと横に流れるように切れた二重の目や、眉毛の角度。

爽やかな微笑(ほほえ)みを浮かべて、佑が答えた。

「子どもたち、本当にかわいいですね。みんな、もっと緊張するかと思っていましたけど、ぼくに何を質問したらいいか、自分と会話が続くように考えてきてくれたでしょう?」

「自分が聞かれて答えられないような質問はやめるようにって言ったんです。好きな食べ物は?って聞いて、佑さんが答えてくれたら、自分は何が好きですって返せるようにしなさいって」

「ああ、だから、『今のお仕事をしていてよかったことはなんですか』って聞いた子が、途中で、『あ、これ、オレは答えられない……』ってもじもじしちゃったんですね」

「あー、そうなんですよ。あいつ、普段はお調子者なんですけど、緊張してて」

「いえいえ、それを女の子たちが『答えられなくてもとりあえず最後まで口に出してみなよ!』って励ます姿もぐっときました。今井先生がいい先生だからなんでしょうね。クラスの雰囲気がとてもよかった」

「いや、そんな……」

今井先生、という個人名が出て、今井の心がぎゅっと佑に掴まれたのがわかった。

――と、その時だった。

佑が不意に顔をあげ、遠巻きに様子を眺めていた美穂の方を見た。

目が合った。

直接見つめられると、改めて、びっくりするほど目が澄んでいて、視線に力がある。咄嗟に目を逸らしてしまいたくなる。

その時だった。

「佐藤、先生？」

と彼が呼んだ。

「佐藤美穂先生ですよね？」

美穂の旧姓のフルネームだ。胸がどくん、と鼓動を撥ね上げる。極力動揺を悟られないように「あ……」と声を出す。控えめに、顎の下で小さく手を振る。

「覚えてる？　やだ……、本当に？」

「覚えてますよ。弟の担任だったじゃないですか」

「うん。でも、佑くんは本当にすごくなっちゃったから私のことなんか覚えてないかもなって思って」

「さっき、校長先生たちに聞いたんです。ぼくがいた頃の先生で、まだ学校にいる先生がいるって。苗字が違ったけど、佐藤先生のことだったんですね」

「結婚したから。うちの娘もね、今、小四なんだけど、あなたの大ファンなのよ」

話しながら、佑の弟の名前を思い出そうとする。ああ、そうだ、確か——。

「懐かしいわぁ。晴也（はるや）くんは元気？」

そう聞いた、瞬間だった。

「ねえ、戸沢（とざわ）さん」と、佑がおもむろに、自分の横にいた小柄な女性に声をかけた。

「確かまだ時間あるって言ってたよね。このまま車で向かっても、東京に戻る新幹線まではまだあるから駅で時間潰さなきゃって」

「そうだけど」

「二十分、くれない？」

美穂を見て、彼が言った。

「佐藤先生と、ちょっとだけ話してもいいですか？」

それは、その場にいた全員に向けられた声のように聞こえた。校長や教頭と、そして美穂に向けて。思わぬことに呆気（あっけ）に取られる美穂の前で、校長が即座に「もちろんもちろん」と頷いた。

「松尾先生、確か、午後は授業ないよね？　よければ話したら。滅多にないから、こんな機会」

「すいません。わがまま言って。つい、懐かしくて」

佑が言う。今度は撮影クルーに向けて茶目っ気を振りまくような笑顔になる。

「こっからはカメラの密着、勘弁してくださいね。プライベートなんで」

「恩師との懐かしの再会なのに？　いい絵になりそうじゃない」

この場の責任者と思しき男性が冗談でもなさそうな口調で言う。その声に、自分がテレビに出ることにでもなったら――と、一瞬緊張するが、佑が美穂をかばうように首を振った。

「先生を利用するのはやめてよ。本当にちょっと話したいだけだから」

そう言って、「ね、先生」と美穂の方を見た。

その目で見つめられると、身の置き場がなくなる。化粧はしてきたつもりだけれど、素人のそんな努力が一瞬で丸裸にされたも同然に思えてきて、落ち着かない気分になる。

驚きながら、美穂は「いいの？」と佑を見た。

「忙しいんじゃないの？　大丈夫？」

「いいんです。着替えるまで、ちょっと待ってもらえますか」

　佑が答えた。

3

「お待たせしてすいません」

　廊下で待っていると、会議室のドアが開いて彼が顔を見せた。さっきの格好はやはり撮影用の衣装だったのか、ラフなTシャツとジーンズに着替えていて、こちらはさっきのような新品という雰囲気がない。彼の私服のようだった。

　美穂は恐縮しながら部屋の中に入る。

「ありがとう、ごめんね。本当に大丈夫？　ほんのちょっと挨拶ができたら嬉しいなとは思ってたんだけど、こんな、時間を作ってもらうなんて」

「大丈夫ですよ。ぼく、先生とは本当に話したかったんです」

　佑のいる場所の正面の机に鏡が置かれ、メイク道具が広げられている。壁の横には衣装がかけられたハンガーもあり、普段の味気ない学校の会議室が、すっかり芸能人の楽屋に様変わりしていた。戸沢と呼ばれた彼のマネージャーらしき女性と、ヘアメイクと思しき人たちがまだ片付けをしている。

「どうぞ」

メイク道具のない隅の椅子を示され、美穂が座ると、正面に佑も椅子を持ってくる。

この距離で顔を合わせると、元教え子相手とはいえ緊張した。

彼の目から見れば、美穂は四十を前にしたおばさんだ。そう思うとなんだかいたたまれない思いがするが、この子相手にそんなことを考えること自体がおそらく図々しいのだろう。国民的アイドルを前に私もちょっと舞い上がっているのかもしれない、と心の中で苦笑する。

家に帰って今日のことを話したら、娘はさぞ驚き、喜ぶだろう。ママずるい、とあの子にまた言われるところが想像できる。

「時間がないので、本題から入っていいですか。ぼく、先生に」

本題？　と思いながら、美穂は「ええ」と反射的に頷く。

思ったのは、――思っていたのは、お礼を言われるのではないかということだった。

小学校時代の、運動会の入場門の一件。

誰も当時の佑の意見とアイデアに耳を貸さなかった中、美穂だけがそれを後押しした。子どもだからと頭ごなしに否定せず、自由にやらせてくれる大人に巡り合ったことで、彼の中では何かが確実に変わったのかもしれない。

たわいない気持ちでしたことだから、お礼を言われるほどのことではない。そう答えようと佑を見ると、彼が優美に微笑んだ。

ファンの子たちがみんな、「たすくんスマイル」と呼ぶ、あの微笑みで。

「先生に聞きたいことがあるんです」

「聞きたいこと？」

「はい。先生、ぼくのことを、当時はパッとしない子だったって、あちこちで言ってるって本当ですか？」

喉の真ん中で、息が——止まる。

黙ったまま佑を見つめ返す。自分の目の動きが、自分でもひどくぎこちなくゆっくりとしたものに感じた。

佑は微笑んだままだ。言葉の内容と裏腹に、張りついたような完璧な笑みが浮かんでいて、それはまるで、さっき今井に子どもたちの可愛さを語っていた時と微塵も変わりがないように見える。

「記憶にない、パッとしない子。目立つ子たちは他にいて、ぼくも弟もそう印象に残る子じゃなかったといろんな人に言っていると聞いたんですが」

「誰に？」

声が上ずる。

言ってない、言ってない、言ってない、と頭の中で声がこだまする。

そんなこと言ってない。

私が言ったとこの子に伝えたという人がいると言うなら、その相手に対して殺意に近い思いが芽生える。

佑が立ち上がり、壁を背に寄りかかった。座ったままの美穂を見下ろすような格好で、「そうだな」と腕組みをする。

「たとえば、今日も聞きました。ぼくのところに挨拶に来てくれた校長先生たちから。ぼくがいた当時の先生で、まだ残っている先生もいますよ。当時は真面目でおとなしくて、パッとしない子だったけど、今はこんなすごい人になって驚いてるって言ってましたよ――」

校長のセリフは、どこまでその言葉通りに言われたのだろう。なんてことを！と美穂は思う。信じられない。そんなふうに明け透けに本人に伝えるなんて。

それに、私は、真面目でおとなしい、なんて言っていない。校長が大雑把に付け加えた言葉の乱暴さに、頭を掻きむしりたくなる。

絶句する美穂に、佑が首を振る。顔はまだ微笑んでいた。

「よくあるんですよ。こういうこと。みんな悪気なく、こっちが傷ついたりするかもしれないなんてこと考えずに、とにかく知ってることはすべて口にしちゃうんです。相手がどう思うかじゃなくて、知ってるっていう親近感を出す方が好きなんでしょうね」

「私はそんなふうには言ってないよ。パッとしない子なんて、そんな——」

心臓がきりきりと、嫌な音を立てるのが聞こえるようだった。言葉を浴びせられただけなのに物理的に本当に胸が痛くなることなんかあるのだ。あわてて言う。

「ただ、当時の佑くんがすごく真面目ないい生徒だったって、言いたかっただけで」

校長が「真面目でおとなしい」という言葉を使ったことに反発を覚えたのに、同じ言葉が口から出てしまう。だけど他に言いようがない。

佑が「そうですか？」と首を傾げる。まるでドラマのワンシーンみたいな仕草だった。

「まあ、じゃあ、それはそれでいいですけど、ぼく、他にもいろんな人から聞いたんです。両親の知り合いや親戚、先生の友達だという人に偶然会った時も言っていたし、先生の教え子だったという子からもらった手紙にも書いてありました」

佑の目が宙を見る。見えないその手紙を読み上げるように、続ける。

「『ところで話は変わりますが、佑くん、佐藤先生って知ってますか？　結婚前の苗字ですけど、その先生が、小学校時代の佑くんを教えてたそうで、今なんと私の担任の先生なんです！　佑くんは、当時は全然今みたいじゃなくて、むしろパッとしないタイプだったから、きっと中学や高校に入ってから相当努力したんだろうって言ってました。それを聞いて、私も頑張ろうって、そんなふうに思いました』

──」

　ひとつなぎのセリフをしゃべるような佑の声を聞きながら、美穂は戦慄(せんりつ)していた。

　誰だろう、とまず思う。去年担任したクラスの園原美冬(そのはらみふゆ)だろうか。あの子だったらおしゃまで口が達者だからありうる。「銘ze」のことも好きだと言っていた。

　次に思ったのは、図々しい、ということだ。

　誰か知らないが、そんなことを手紙に書くのは、佑に少しでも自分の存在をアピールしたいからだろう。メディアに出る前のあなたを知っている、という、佑の言う通りの親近感アピールだ。校長だってそうだ。見慣れない芸能人を見て緊張し、不安だから雑な言葉でまずは知っているありったけのことを相手にアピールしてしまう。あなたのことを知っている先生を知っています、と。

　だけど、図々しい。彼らが話す佑の話はすべて所詮(しょせん)伝聞で、彼らの体験や思い出ではない。すべて他人の──美穂の思い出だ。

それを使って佑と距離を詰めようなんて、図々しいにも程がある。しかも、彼らのそんな短絡的な考えのせいで、今、当の自分は彼におかしな誤解をされている。佑の顔が、いつの間にか微笑みを消して、真顔になっていた。「まだあります」と彼が続けた。

「去年、県の観光大使に選ばれたイベントに行った際に、先生の旦那さんだという人から声をかけられました。『うちの妻のこと覚えてますよね？　佑くんに図工で絵を教えて、運動会の入場門の指導をしたのよって、ぼくにいつも自慢してるんですよ。黒い色で塗りたいっていうのを担任の先生に反対されてるのを、私が庇ったのよって』。旦那さん、とても嬉しそうでした」

県庁職員の夫が、県の観光課に籍を置いていた時のことだろう。あの時、夫が言っていた。イベントに来た佑に声をかけ、佑がそれに、「あ、佐藤美穂先生の旦那さまなんですね」と答えたと。それを聞いて、覚えててくれたんだ、と嬉しかったのに。

けれど、夫がそんな言葉で佑に話していたとは知らなかった。自慢してるなんて身内だとしてもあんまりだ。もっと他に言い方があるだろうに。

今はそばにいない夫の鈍感さに苛立ちながら、美穂はひとまず、「ごめんなさい」と佑に謝る。

「うちの人、そんな言い方をしたの？　自慢なんて、私はそんなつもりはなくて」

「あ、大丈夫です。慣れてますから。昔のぼくのことを知ってますって、人が人に話すのも、それを聞いた人が、自分の知り合いや担任があなたのことを知ってますってぼくに教えてくるのも、先生に限らず、よくあることなんで」

佑が淡々と言って、その言葉の突き放すような響きに背筋が凍る。「でも、ぼく」と彼が続けた。美穂を見つめる。

「慣れてるし、それでいいんですけど、だけど、知っておいてもらえますか？　ぼく、他の誰にそうされてもいいけど、佐藤先生にだけはそれが許せない。先生には、ぼくのことを話してほしくないんです」

佑の言葉が、これまでで一番鋭い氷の刃のように美穂の心臓を打ち貫く。

言われた内容が、心の中に沁みこんで理解できるまで時間がかかった。見開いた目が一瞬で乾いた。

どうして、という声が、喉の途中で萎縮したようになって出てこない。

すると、その時、「お疲れさまでした」と声がした。その声にびくっとなって振り返る。片付けをしていたヘアメイクや衣装のスタッフたちが、佑に向けて声をかけたのだ。

人がいるのをすっかり忘れていた。今の話を全部聞かれていたのかと思うと、耳が燃えるように熱くなる。彼女たちに佑が優美な微笑みを返す。

「お疲れさま」

「私たち、外に出て待ってましょうか」

「うん、そうしてくれる？　ごめんなさい」

マネージャーの戸沢は、いつの間にか姿がなかった。メイク道具や衣装を詰めたらしいスーツケースを引いて部屋を出る彼女たちがドアの前からちらりと美穂を見て、すぐに目を伏せた。

美穂は机の下で、ぎゅっと自分のスカートを握りしめる。逃げ出したい、と心底思った。

4

「どうしてなの……かな？」

スタッフが出ていき、二人だけになって、ようやく聞けた。胃の中のものが全部ひっくり返ったように感じる。こんな痛みに晒（さら）されるのは大人になってからはほとんど初めてだ。

「私……。何か、あなたに嫌われるようなことをしてしまった？」

「先生は、ぼくのことも、弟のことも、好きではありませんでしたよね」

　ぴしゃりと佑が言う。

　言葉の強さに美穂がまた言葉を飲み込んでしまうと、佑が続けた。

「先生の言った通りの、パッとしない子。先生の印象は、ぼくのことも弟のこともそうだったはずです。先生は、当時若くてとても人気がありましたよね。みんな、かわいいって言っていたし、女子なんかは恋愛相談の手紙を先生に渡して返事をもらったと喜んでいる子たちもたくさんいた。年配の他の先生たちには話せないようなことも話せるし、若いからぼくらの気持ちをわかってくれるって、中には、誰々がムカつく、みたいな話をしていた子もいて——」

　佑が冷(さ)めた目で美穂を見る。

「そうだよね、あの子は性格が悪いよねって先生が言ってくれたって、女子が盛り上がっていたけど、覚えてますか？　先生も性格悪いってお墨付(すみつ)きをくれたわけだから、あの子は本当に外されても仕方ないんだって、その子を軽(かろ)んじる空気がそれで一気に加速した」

「ちょっと、それは……」

　覚えがない。

だけど、わからない。若くて独身の教師は、狭い学校の社会の中では確かにそれだけで子どもに懐かれる理由になる。あの当時は女子から手紙をたくさんもらった。恋愛相談のものもあったし、佑の言う通り友達の悪口が書かれたものもあった。先生にも同調してほしい、という露骨な意図がそこに見え隠れしていたけれど、職業上、美穂は絶対にそれにたやすく乗ったりはしなかったはずだ。

「性格が悪い、なんて、私は言わなかったと思うわよ。返事をしたとしても、あの子には困ったところがあるけれど仲良くしてね、とか、その程度じゃないかしら」

「困ったところがある、という言い方でも十分にぼくはどうかと思いますけどね。教師なんだし。少なくともぼくが大人ならしません」

佑が言って、美穂は口を噤む。自分よりもずっと年下の、少年のような男の子に蔑むような目を向けられたまま、動けない。

「教室の狭い世界の中では、担任の先生の言葉がどんな影響力を持つかくらいわかるでしょ？」

「——あなたや晴也くんがそれで嫌われる対象になってしまった、ということなの？」

だとすればそんなつもりはなかったのだ、と続けて言おうとした美穂に、佑が首を振る。

「ぼくも弟も、そんなふうに手紙を書いたり、先生をかわいいって話したりする子たちを遠巻きに見てるだけだったから、幸い、そんな感じのことに巻き込まれたりはしなかったです。だけど、先生は、ずいぶん調子に乗ってるなぁって思ってました」

調子に乗ってる、という言葉に肌が粟立つ。軽やかにそう口にした佑が微笑む。

「先生がかわいがって仲がよかったのは、そういう子たちですよね。クラスの中心にいて、先生に懐いて、若い先生と友達みたいに接することができるのを喜ぶタイプ。残念ながら、ぼくも弟も先生には懐けなかったから、先生と〝友達みたい〟にはなれなかったけど。なりたいとも思わなかったし。特に、弟の晴也は」

――観察眼が鋭いのだ、と気づいた。

佑が今もＭＣ能力に優れているとか頭の回転が速いと言われている理由のひとつが、この観察眼なのかもしれない。腕の鳥肌がおさまらない。

調子に乗っていた、と言われたらそうなのかもしれない。当時、若くて人気があることは、それだけで価値があった。

あの頃、佑はたしかに印象に残らない――パッとしない子だった。けれど、そんな彼が一人、教室の中で今のようなひねた見方で自分を見ていたのだとしたら――。

「覚えていないようなら、言いますけど」

前置きをして、佑が言った。

「先生は、ぼくや弟のことは、いつも疎(うと)ましそうにしていましたよ。弟が、先生のクラスがどんどん先生の王国みたいになって、友達みたいな佐藤先生を中心にまとまる中、それについていけなくて体調を崩すようになった時、ぼく、親に言われて、先生のクラスに弟の欠席を伝えに行ったことがあるんです」

言われて、初めて思い出す。ああ、そうだった。晴也くんは、おなかが痛い、とよく言っていた時期があった。保健室に行きたいです、と保健室に何度も行って、そのまま帰ってこないようなことが。熱がないから、と帰されても、非常階段やトイレに隠れているような、そういうサボり癖みたいなものがあった。

ずっと忘れていたけれど、そんなことがあった。

「『晴也は今日、休みます。すぐにおなかが痛くなってしまう原因の検査をするために、母と病院に行きました』。そう伝えに行ったぼくに、先生が『ああ、そうなのよ』と顔を顰(しか)めて言ったんです。『本当に痛いかどうかわからないのに、一日に何度も保健室に行くのよね。困ってるの』と」

背筋が凍る。

また凍る。

――言ったかどうかわからない。だけど、問題はそんなことじゃない。問題は、佑が美穂がそう言ったと思っている、そう記憶している、ということだ。

「ぼくは」と佑が言う。その目の奥に翳りが見えた。

「弟がなんで学校を休むのか、理由がわかった気がしました。保健室に行きたがるのも。先生は人気のあった先生ですけど、だからこそ、先生のことが嫌いだなんて言いにくい。先生が担任だった二年間は、弟にとって地獄だったと思います」

「知らなかった」

声が口を衝いて出た。泣きそうな思いで佑を見る。

「知らなかった。晴也くんがそんな思いをしていたなんて」

「そうですか？　先生にとってはきっと些末な出来事だったから、どうだってよかったんでしょうね」

ぼくのことだってそうです——、と彼が続ける。

「先生にとって、ぼくは本当に取るに足らない子どもだったんでしょうね。ぼくのクラスに授業に来ている時も、先生はぼくの名前をいつも弟と間違えて呼んでいましたよ。『晴也くん、晴也くんの班はあっちでしょ』『晴也くん、もうその辺で描き終えて。途中でも提出して』。たいていは怒られる時でしたけど、ぼくは最初、それが自分を呼んでいるものだとわからなくてきょとんとしてしまうことがよくありました。途中からは訂正するのもやめましたけど、先生にとって、それぐらいぼくらのことは大雑把に括(くく)って処理していい存在だったんでしょう？」

唇(くちびる)を噛(か)みしめる。

それはあまりに悪意がある言い方ではないかと思った。教師が兄弟で通っている子の名前を間違えるなんてよくあることだ。けれど、今それを口にするのは、佑の要らぬ反感をさらに買ってしまうような気がして黙ってしまう。

「ぼくの母は、息子のぼくから見ても立派な人だと思うのですが」

佑が急に話題を変えて、美穂はこわごわと彼を見た。

高輪兄弟の母親。確か、後に芸能人になるような息子を持っていたなんて思えない、平凡な、おとなしそうな主婦だった。

「弟の体調不良の原因が精神的なものにあって、それが佐藤先生のせいだろうと薄々わかっていても、母はぼくに、先生のことを悪く言うことは一切ありませんでした。学校の先生は正しい人で、尊敬しなければならず、それは好きや嫌いという気持ちで片付けていいものではないんだと、そう思って、ぼくや弟の前では何も言わなかったんだと思います。でも、一度だけ」

佑が目をゆっくりと歪(ゆが)めた。

「一度だけ、その母が声を荒らげたことがあります。ぼくの教室に佐藤先生が授業に来た時、先生に懐いていた女子が先生にこう聞いたんです。『先生、低学年のクラスの担任なんだよね？　私たちとはやっぱり違う？』。それに対し、先生はこう答えました。『うん。みんな当たり前のことを何にも知らないから驚いちゃう。教えないと、こんなこともわからないんだって、みんなが見てもきっと呆れちゃうくらいだよ』」

佑の目は、もはや憐れむようだった。美穂から視線を逸らさない。

「――先生が仰ってた、その低学年は、ぼくの弟の、晴也のクラスです。ぼくは、このことを自分の母親に、たわいない気持ちで話しました。弟の担任の、佐藤先生がこう言っていたと。すると、母は聞いたこともないほど激しい声でこう言いました。『そんなの、子どもなんだから当たり前じゃない！　何を言っているのよ！』と。――悔しそうで、泣きそうな、その母の声を聞いて、ぼくは思ったんです」

佑の目が、射貫くように美穂を見た。

「世の中には、尊敬しなくていい大人もいるんだ、と。佐藤先生は、ぼくにそれを教えてくれた、初めての人です」

会議室に、その声が一際静かに響き渡った。佑が尋ねる。「裏切りではありませんか？」と。

「晴也のクラスの、先生に懐いてくれていた子たちに対しても、そんなふうに言うのは裏切りだったんじゃないですか？　高学年のクラスの女子と気の合う会話をするためなら、自分が受け持っていたクラスの子たちのこともそんなふうにあっさり貶めてしまうことができるんだと思ったら、ぼくは、なんだか先生がより立場の強い子に媚びるクラスの女子と変わらないように見えました」

「そんなこと、本当にあっ――」

「ありました」

美穂の声に、間髪容れず、佑が声をかぶせる。「すいません、お時間いただいて」と、佑が取ってつけたように丁寧な口調で言う。

「その佐藤先生が、今、ぼくのことをあちこちでお話しになっていると聞いて、どうしても、これだけは伝えておきたかったんです。ぼくら家族はみんな、あなたのことが大嫌いです」

口が利けなくなる。呼吸する自由を奪われたように佑を見ると、佑の冷たい目が美穂を見下ろしていた。

「――数年前に、当時弟の同級生だった女の子が、教師になったと聞きました。お花屋さんのお嬢さんで、何か行事があるたびに先生にお礼の鉢植えを持ってくるその子を、先生はとてもかわいがっていましたよね。その子が教師を志した理由が、小学校時代に自分を担任してくれた先生に憧れてというもので、それが佐藤先生のことだと聞いて、ぼくも母も、信じられない気持ちになりました。正直、ぼくらはその子とも気が合わないと思う」

その子のことなら覚えている。根津佐奈ちゃん。教師になった、と報告に来てくれて、とても嬉しかった。今は県内の別の小学校で働く同業者で、県内の研究会などで会うたびに、話しかけてくれる。

あなたがぼくの何を知っているんですか、と佑が聞いた。

「ぼくに手紙をくれた、先生の元教え子の手紙には、こうも書いてありました。詩を書くことが好きで、書いていたけれど、松尾先生に『そんなもの書いて何か賞でももらえるの？　中学受験の役に立つの？』と言われて、すごくショックだった。書くのをやめて、無事に私立の中学に受かってから、先生にそう伝えたら、『だからダメなのよ』と言われたと」

佑の声が、美穂の言い方を真似するように高くなる。

「『昔、佑くんを担任していたとき、彼は作っているものを周りに反対されてもやり続けた。だから結果が出たのに、言われたからってやめるようじゃやっぱりダメで、反対をバネに頑張れるようにしてほしかった』。──先生は、その子にそう言ったそうですね」

佑が肩を竦める。ため息をつく。

「正直、ご自分をものすごいこじつけで正当化されていると感じます」

佑の話を聞いて、元教え子の誰が書いた手紙なのか、ようやくわかった。

数年前の卒業生。私立の中学受験を控えて、勉強にやる気を出させてください、とお母さんに言われた。確かにあの子は詩を書いていた。書いてないと死んじゃう、書くことは自分の命だと言って見せてもらった文章は、どれも三流の少女漫画のモノローグみたいなひとりよがりなもので、一時の熱量で書いていることが明らかだった。受験にやる気を出させるためにやんわりと、今は勉強をするようにと伝えた。

具体的にどんな言葉を言ったか、正確なところは覚えていないけれど、そんなにきつい言い方じゃなかったはずだ。「銘ｚｅ」のファンだと言っていたから、佑のことも例に出したかもしれないけれど、それだって、美穂なりのサービス精神みたいなものだった。

繊細すぎてついていけない、と思う。

その子も、佑も、佑の弟も。

人の言葉をいちいち覚えていて、勝手に傷つくのはやめてほしい。こっちはそんなに深く考えていないのに、繊細すぎる。

佑に手紙を書いた子に途方もない苛立ちを感じるけれど、彼女の名前が思い出せない。そのこともまた美穂の苛立ちに拍車をかける。自分がダメな教師だと責められている気になる。

「認めてください」と佑が言った。

「ぼくのことを〝パッとしない子〟だと言ったなら、それこそがぼくと先生の関係がその程度だったことの証明です。先生が仲がよくてかわいがっていたのは、ぼくでもぼくの弟でもない誰かで、ぼくらじゃない。ぼくにも、恩師と呼べる先生が何人かいます。その先生たちは間違っても、ぼくの印象を聞かれた時に〝パッとしない子だった〟なんて答えない。ぼくと何を話して、どんなやり取りをしたか、ちゃんと覚えている先生たちと、あなたは違う」

　美穂はもう佑の方を見る気力も失っていたが、佑がそれを許さない。逃げ場のない声が辛辣に、はっきりと言った。

「記憶を捏造しないでください」と。

「先生がその程度でぼくを知っている、とあちこちに話していると知った時、ぼくは、全身の血が沸騰するんじゃないかと思うくらい怒り狂いました。あなたの旦那さんに会った日に、一緒にいたスタッフが後で慰めてくれました。きっと、ぼくを直接知っている人の数だけ、頭の中で、その人だけの高輪佑と自分のストーリーがあって、関わっていたと思いたいんだろうと。それでいいと、ぼくも思います。けれど、繰り返しますが、ぼくはあなたにだけはその自由を許したくないんです」

――トントン、とドアのノックの音が聞こえたのは、その時だった。

美穂を凝視したままの佑が、顔も向けずに声だけで「はい」と返事をする。廊下から、マネージャーのものらしき声がした。

「佑、そろそろ」

「わかりました。もう行きます」

助かった、と思った。

もう解放してほしい、という気持ちで「じゃあ……」と立ち上がろうとすると、佑がすごい目で美穂を睨んだ。それにより、自分がこんな状況でも彼に何か言わなければいけないのだと緩慢に気づく。

佑の目が、はっきりと呆れている。ごまかして帰るつもりなのかと――、失望されていると言ってよい目で、佑がこちらを睨んでいる。

謝った方がいい、謝るべきなのだ――と、頭ではわかる。けれど、美穂の口から出てきたのは、別の言葉だった。

「……私、そんなに悪いことした？」

思わず口を衝いて出た本音だった。

美穂は途方にくれていた。だって、私は佑のこともその弟のことも率先してクラスから外したわけでもなければ、つらくあたったわけでもない。いじめに遭っていたのを助けなかったというわけですらない。ただ、私に懐いていた子どもたちが他にいて、佑も弟もそうではなかったというだけの話じゃないか。

それなのに、かわいがってくれなかったと恨まれるのは逆恨みもいいところだ。他の人に、小学校時代の佑を知っていると話したのだって、ただ、本当に知っていたから、自分の知っていることを話しただけなのに――。

「もういいです」

佑がきっぱりと言った。

美穂は本当に答えを知りたかった。だって、私は今こんなふうに恨み言を聞かされるほどのことは、何もしていない。

「わからないなら、それでもいいです。だけどひとつ、お願いがあります」

「お願い？」

「今後、もう二度とぼくのことを見ないでもらっていいですか」

佑の目の奥が暗かった。その目で美穂をじっと見下ろしている。

「ぼくがどこで何をしていても、ぼくの姿をこれ以上見ないでください」

「それは無理だよ。あなた、自分がどれだけテレビに出てるか知らないの？」

冗談だろうと思った。そう思って半分笑いながらかけた声に、しかし、佑の表情は崩れない。彼が本気で言っているらしいと知って、何度目かわからない戦慄が全身を襲う。半笑いのまま、顔が固まる。

「それでも見ないでください。テレビで観る可能性があるなら、一生テレビを観なければいい。雑誌で見ることがあるなら、書店に行かないでください。ぼくはあなたにぼくを見ていてほしくないんです」

「でも」

娘は「銘ze」のファンだし、佑をテレビで観ない日なんてない。家族で毎年観る年末の歌番組だって、今年は司会をやるという話だし――。今朝、家を出る時までは、娘のために佑のサインをもらえたらいいなんてことを考えていられたのが、信じられないくらい遠い記憶に思える。

「でも」と言った、声の先が続かない。

少し遅れて、胃の底が震えるような恐怖がやってきた。見ないでください、と言われても、おそらく美穂は望むと望まざるとにかかわらず、この子の姿をメディアで目にするだろう。完全に見ないのは無理だ。

けれど、思い出さない自信がなかった。

この子の姿を見るたびに、「見ないでください」と言われたこと。「大嫌い」だと言われたことを。娘が彼の話をするたびに、胸に嫌な思いが込み上げるかもしれない。それがずっと続くのか——。

「約束してください」

佑が言った。強い声で。

「金輪際（こんりんざい）、ぼくをもう、見ないでください」

佑が壁から身を起こし、会議室を出ようとする。美穂は唇を噛みながら、どうにか「待って」と彼を呼び止めた。

「——私がひどいことをしてしまったと、あなたたち兄弟や——お母さんたちが思っているというなら、謝るよ。ごめんなさい」

もう、この時を逃したら言うこともできないのだと思って、懸命に気力を振り絞る。本当はまだ釈然としなかった。そこまでひどいことはしていない。けれど——。

「言ってしまったことって、言った方が覚えていなくても、言われた方は傷になって覚えていることってあるものね。私の場合もそうだったのかもしれない。ごめんなさい」

佑は黙っていた。その沈黙に耐えきれなくなって、言葉を重ねる。

「晴也くんは元気？　まだこっちにいるのかしら。いつか、機会があったら本当に謝りたいわ。ごめんなさいと、あの子にも伝えて」

「――元気ですよ。楽しくやってます。だからもう聞かないでもらえますか」

　佑がスタスタ、こっちも見ずに歩いていく。そのまま、振り返らずに言った。

「やった方は覚えてなくても、やられた方は覚えてる。――正直、そんな一般論でいじめを語る時みたいな薄っぺらい言葉で片付けないでもらいたい。わからないならそれでいいですから、ぼくがあなたみたいな教師だけは許せないし大嫌いだって思ってることだけ、知っておいてください」

「でも……」

「あ、それから」

　ドアを開ける一歩手前で、佑が振り返った。その顔が、――これまで見たこともないほどに曇りのない、晴れやかな笑みを浮かべていた。たすくんスマイル、と呼ぶにふさわしい、完璧な微笑みだった。

「先生が繰り返し、誰にでもお話しになっている、運動会の入場門の話。あれ、作ったの、ぼくの代じゃありませんから」

「え……！」

「真っ黒い、まるでデスメタルのアルバムジャケットみたいだったあの門のことですよね？　あれ、作ったの、ぼくらのひとつ上の代です。描いたの、ぼくじゃありません」

先生の勘違いです、と、彼が言った。

5

「じゃあ、先生方。本当にお世話になりました。懐かしかったです！」

撮影機材を積んだワゴン車に乗り込む前、佑が晴れやかな笑顔で校長先生たちに向けて頭を下げた。

「特に今井先生。あの子たちによろしく伝えてください。あの子たち、クラスの雰囲気がすごくよくて、先生のことが本当に大好きなのが伝わってきました。卒業の年に先生のクラスになれた子たちは幸運ですね！」

佑の言葉に、今井が恐縮しきって、「ありがとうございます」と頭を掻いている。その姿を直視できなかった。

いい先生、いいクラス、大好きな先生。

さっきは何気なく聞いていたその言葉が、今は美穂に聞かすために敢えて言われた嫌みに聞こえる。

佑の、嘘がなさそうな完璧な笑顔を見ていると、まるでさっきの会議室での会話はすべてが夢か何かだったように思えてくる。しかし、佑が美穂を見た。「佐藤先生も」と微笑む。

「今日はありがとうございました。約束、守ってくださいね」

明るく軽やかに、健全な何かを〝約束〟した素振りで言って、美穂に手を振る。校長や教頭が、よかったですね、というように、柔和な笑みでこちらを見るので、美穂もぎこちなく「ええ」と彼に向けて頷いた。

佑が車に乗り込み、ワゴン車が駐車場を出ていく。

竜巻のようなものすごいものが通り過ぎて行ったように思ったけれど、あとには、さっきまでそこに「銘ｚｅ」の高輪佑がいたなんて思えないほどさっぱりとした、いつもの学校風景が残った。

美穂はのろのろと職員室に戻る。心身ともに消耗（しょうもう）していて、今日はもう早退してしまいたいけれど、そうもいかない。机に戻って、気がまぎれるようなやりかけの仕事はないか探していると、事務員の前野が通り過ぎ、「松尾先生、よかったですね」と声をかけてきた。

「たすくんと何話したんですか？　羨（うらや）ましい！」

「ああ……」

緩慢に顔だけそちらに向ける。微笑みを浮かべようとしたけれど、口元が疲れていてうまく笑えなかった。どうにかこうにか、言う。

「別に、何も。私は、あの子の担任じゃなくて、弟を担任してただけ、だから」

「あー、たすくんの、あの亡くなった弟さんですね」

「えっ！」

声が出た。

前野の顔を凝視してしまってから、しまった、と思う。美穂の反応に、彼女の方も驚いていた。「え？」と彼女が逆に、美穂に問い返す。

「たすくんの弟さん。大学時代に交通事故で亡くなったっていう……」

前野が戸惑うように美穂を見ている。遠慮がちに「知らないんですか？」と尋ねる。

「本人が、あんまり、そのことを悲劇みたいに扱われたくないからって、家族のこととかはあまり公（おおやけ）にしてないみたいですけど、有名な話で……。私、他の先生たちから、地元の人たちはみんな知ってることだからって、教えてもらったんですけど」

まさか知らないんですか――と、尋ねる前野の声が耳からどんどん遠ざかる。担任だったのに？　というこれは、実際に聞かれているのか、美穂の幻聴かわからない。

知らなかった。

本当に、知らなかった。

この狭い県内で元教え子に何かあったら、いい話も悪い話もすべてが自然と耳に入ってくると思っていた。なのにどうして——と思って、考える途中で、ああ、と気づく。背中がすっと寒くなる。

教えてもらえなかったのだ。

必要なところには、おそらく、彼の両親が連絡をとったのだろう。その中には、美穂の同僚だった教師たちだっているかもしれない。けれど、あの家族の中で、どうやら美穂の評価は最悪だった。我が子の訃報を伝えることを彼らが拒み、佑が〝恩師〟と呼ぶような美穂の元同僚たちも、美穂にまさか伝わっていないとは思わなくて、連絡してこなかったのではないか。

「——いつ？」

「たすくんがもう今の事務所に入って研究生をしてた時で、弟さんは大学生だったって話ですけど。都内の大学に通ってて、一人暮らしのアパート近くの道路で……」

「じゃあ、知らなくても無理なかったのかもしれない。卒業から何年も経ってたし、もう大学生で、しかも県外に行ってたんなら、私には」

恥も外聞もなく、言い訳のように口にする言葉が止まらなかった。

話しながら、だからだったのだ、と気づいてしまう。

美穂は今日、よりにもよって、佑に聞いてしまった。

晴也くんは元気？　と。

それにより、佑はすべてを理解したのだ。美穂が、担任していた弟の死を知らなかったこと。耳に入らなかったことで、それぐらい関心が薄かったのだと思われた。それは、私のせいじゃないのに。

あの子たちの家で、美穂はどうやら嫌われていたらしい。若くして亡くなった弟の元担任教師。弟が嫌っていたその教師が、自分の恩師のように振舞っていると知って、佑は我慢ができなかったのだろう。

晴也くんは元気？　と尋ねた美穂に、佑が答えた。

――元気ですよ。楽しくやってます。だからもう聞かないでもらえますか。

最後まで、ちゃんと話してはもらえなかった。あの子が言う通り、あの子の家で、自分は相当に嫌われ、恨まれていたのだ。

額（ひたい）に手を当て、深くため息をつく。何かを察したらしい前野が、すっと美穂から距離を取って離れるのがわかった。

頭が痛かった。

俯（うつむ）きながら、考える。

私のせいじゃない。

大学時代に晴也が急死したのも。その晴也が小学校時代に繊細で、おなかが痛くなったのも。全部たまたまで、私がいちいち恨まれるのは筋違いだ。

記憶違いはどちらだろう、と思う。

たとえば、入場門の話。

黒い入場門を作ったのは、自分のひとつ上の代で、描いたのは自分じゃないと。佑はそう言ったけれど、美穂はしっかり覚えている。あれを提案したのは佑だし、私はそれを、担任の先生の反対を押し切って後押しした。賛成して、彼を庇って、味方した。佑に対して、そんなふうにちゃんと力になっていたことだってあったのに。

記憶を捏造しないでください――という佑の声が、耳の遠くに弾ける。そんなことはない。ちゃんと覚えている。私は確かにあの子の味方だった。力になった思い出はなかったことにされて、繊細すぎて傷ついた、悪い話の方だけ責められるなんて理不尽だ。

泣き出しそうになってくる。

「ねえ、教頭先生。運動会のうちのクラスの出し物、『銘ｚｅ』のダンスにしてもいいですか？　同じ振付は無理かもしれないですけど、曲だけでも」

佑と話したことで気をよくしたらしい、今井の声が職員室に響き渡る。

勘弁して、と美穂は思う。

見ないでください、と言われた声がまだ鮮明だ。運動会の練習期間の間、彼らの曲を聴き続けるなんて耐えられない。

娘になんて言おう。

二人で話したよ、とそれだけ、言おう。私のこと、覚えててくれたよ、とそれぐらいは付け加えてもいいだろうか？

額から手を外し、美穂はようやく顔を上げる。ゆっくりと席を立ち、佑の話をまだ続ける他の教師の声から耳を塞(ふさ)ぐように、職員室を出た。

福の神

宇佐美まこと

リビングルームに、ピアノの音が流れていた。

ドビュッシーの『アラベスク第一番』。

冴子（さえこ）の隣で、万結（まゆ）が身じろぎをした。冴子は目だけを動かして、娘の様子を窺った。照れと得意がない交ぜになった表情を浮かべている。

冴子はまたテレビ画面に視線を戻した。映像は、万結がピアノを弾（ひ）いているところだった。鍵盤（けんばん）に向かう横顔は真剣そのものだ。演奏は滑（なめ）らかで、音の粒が際立っている。情感も豊かだ。五分ほどのこの録画を、家族でもう何度も見た。演奏が終わり、万結が立ち上がってお辞儀をすると、久仁子（くにこ）が大仰（おおぎょう）に拍手をした。

「上手ねえ、万結ちゃん。コンクールで優勝するはずだわ。おばあちゃん、感心しちゃうわ」

久仁子は見る度（たび）に、こうして万結を褒（ほ）め上げる。

「この時はちょっと緊張してたんだよね」

友樹（ともき）が停止ボタンを押すと、万結が答えた。

「そう？　おばあちゃんにはそんなふうには見えないけどねえ」

「先にここで弾いてたから、本番では緊張しなかったんだよな？」

「パパはこの時も本番の時も来てくれなかったくせに」

万結はぷっと頬（ほお）を膨（ふく）らませて拗（す）ねた真似（まね）をする。そういうところはまだ子どもだ。

「ごめん、ごめん。行きたかったんだけど、仕事でさ」

友樹は目尻を下げた。彼は一人娘の万結には甘い。

「ほんとに緊張してたのかもね。万結ったら、この後、ここにレッスンバッグを忘れて帰ったのよ。あの時はママも青くなったわ。いっぱい書き込みをした楽譜が入ってたんだもの」

「あー、あれは失敗。取りに戻ったけど、結局出てこなかったよね。先生が大急ぎで新しい楽譜を用意してくれたからよかったけど」

万結はぺろりと舌を出した。こんなふうに返せるのは、この後行われたピアノコンクールの地区予選で優勝したからだ。コンクールの前には、演奏曲を一度、人前で弾いてみて度胸をつけさせるというのが、万結のピアノ教師の方針だ。ショッピングモールに入った楽器店に小さな音楽サロンが併設されていて、そこで弾かせてもらえるのだ。買い物客など、誰でも自由に入ってきて聴くことができる。コンクールに出場する五人ほどが続けて演奏した。聴衆もまずまず入っていたと思う。

その日の演奏を、冴子がビデオカメラで撮影した。コンクールでは撮影も録音もNGなので、友樹も久仁子もこの映像を繰り返し見ていた。

娘の万結は三歳の時からピアノを習っている。熱心に取り組んでいて、小学六年生になった今ではかなりの腕前だ。今回の地区予選の前は、一日に三時間、学校が休みの日には一日中練習していた。それが実った。

今まで優勝には手が届かなかったから、本人も達成感があるのだろう。さらに上を目指して練習に余念がない。友樹も冴子もいい結果にほっと胸を撫で下ろしたものだ。

彩音ちゃんには申し訳ないけど——と冴子は心の中で呟いた。

皆藤彩音ちゃんは万結と同じ年で、同じ地区に住んでいる。彼女はピアノ演奏にかけては並々ならぬ才能の持ち主だった。コンクールでは常に顔を合わす相手で、万結がどんなに頑張っても今までは彩音ちゃんが優勝をさらっていった。

その度に万結は悔しい思いをしていたと思う。地区予選で勝ち抜けないから、本選までいったことがなかった。今回も相当厳しい競い合いになるだろうと覚悟をして臨んだのだった。ところが、彩音ちゃんは不出場だと知って驚いた。なんでも予選直前に交通事故に遭い、手を怪我してしまったらしい。

父親が運転する車の助手席に乗っていたところ、赤信号を無視した車に衝突されたという。彩音ちゃんは左手を、へこんだドアとダッシュボードの間に挟まれてしまったのだ。コンクール予選の前にそんな事故に遭うなんて、不運としか言いようがない。

でも実力者の彼女が出ていたら、万結の優勝はなかったかもしれない。そのことは、万結本人も自覚しているだろうから、友樹も冴子もそこには触れないようにしていた。同居している友樹の母の久仁子にも、事情を話して固く口止めをした。

久仁子は陽気で裏表のない性格だが、考えが浅く、思い込みの激しいところがあった。夫が亡くなってからは気ままに生活しているせいか、そういうところが目立ってきたように、冴子には思えるのだった。

「じゃあね、冴子さん、行って来ますよ」

玄関から久仁子が声をかけた。

「はい、いってらっしゃい」

冴子はキッチンで片づけをしながら返す。バタンと玄関ドアが閉まった。

七十歳になったばかりの久仁子は元気だ。水墨画や大正琴（たいしょうごと）を習い、地元の手話サークルにも所属している。今日はカラオケ教室へ行くと言っていた。交際範囲が広いから、友人も多く、お互いの家を行ったり来たりしている。留守にしてくれる時はいいけれど、家に人を呼ぶのは勘弁して欲しいと冴子は思う。

お茶菓子を用意するのはいいとして、久仁子が「うちのよくできたお嫁さん」などと言って冴子を紹介し、こちらもそれに合わせたおべんちゃらを返さねばならないのには辟易する。

洗い物の手を止めて、冴子はリビングの掃き出し窓に寄っていった。門柱の向こうに久仁子の後ろ姿が見えた。その前にすっと車が駐まる。久仁子はいそいそと助手席に乗り込んだ。運転しているのは、カラオケ教室を主宰している緑川という男性だ。カラオケ教室が開かれている音楽スタジオまで乗せていってもらうのか。嬉しそうにはしゃいで緑川に話しかける久仁子の顔が見え、冴子は不快な気分になった。

六十代半ばの緑川は、まずまずいい男だ。カラオケ教室をやっているのだから声もいい。若いころにプロ歌手としてCDを出したこともあるという。カラオケ教室に通う女性たちに人気があるというのも頷ける。本当か嘘か知らないけれど、彼目当てで教室に入ってくる女性もいるらしい。女性といったって五十歳以上の暇を持て余した連中だ。

そういう事情を、冴子は久仁子が家に連れて来る友人たちのおしゃべりから知った。とうに女の盛りを過ぎた連中が、口々に「緑川先生に褒められた」とか「緑川先生の今日のシャツは素敵だった」「発声練習でお腹を触られた」「いつも私の方ばかり見ている」と噂するのには呆れてしまう。

仕事上、誰にでも親切に接し、丁寧に指導する緑川の気を引くことが、彼女たちの一番の関心事のようだ。自分たちのくたびれた亭主よりはずっと見栄えはいいだろうが、向こうも迷惑しているのではないか。そういう仲間たちのおしゃべりを、久仁子は余裕のある態度で聞いている。

自分は彼女たちより優位に立っていると思っているのだ。

それがまんざら独りよがりではないということを、冴子は知っていた。久仁子は、緑川とかなり親しい関係にある。それは確かだ。カラオケ教室のメンバーが知らないところでこっそりと会っているふうだ。一度は、繁華街を二人で歩いているのを見たこともある。

颯爽とした緑川に、精一杯のおしゃれをした久仁子がはにかんだ表情で寄り添っていた。それを見た途端、ぞっとしたものだ。七十歳の女と六十代の男がどんな付き合いをするのか想像がつかなかった。想像もしたくなかった。

緑川は妻帯者だと言っていたが、彼は久仁子のことをどう思っているのだろう。久仁子の方はかなり本気のようだ。厳格だった夫が死んでから、彼女は羽を伸ばし過ぎだ。近所の誰かに見られて噂にでもなったらと思うと、冴子は気が気ではなかった。

迷った挙句、冴子は夫の友樹に事情を話し、久仁子に注意してくれるよう頼んだ。友樹は見る見るうちに不機嫌になった。

「おふくろがその男とできてるっていうのか？」

「まさか。そんなことを言ってるんじゃない。ただ素行を改めて欲しいだけよ。そういうふうに取られかねないでしょ？」

「そんなおかしな想像をするのはお前だけだよ。カラオケ教室の先生と生徒の関係から逸脱しているとは思えないな」

「なら、なおさら――」

友樹はもう聞きたくないとばかりに、読んでいた雑誌をバシンとテーブルの上に投げ出した。

「もう寝る」

足音も荒く寝室に向かう夫の背中を、冴子は見やった。

自分の母親を、そういう穿った目で見たくないと思う心理は理解できる。いや、それよりも家庭内の面倒ごとに関わりたくないという気持ちの方が強いのだろう。だから冴子もそれ以上は言えなかった。

このところ、友樹はピリピリしていた。

彼は四年ほど前に、イベント企画会社を起ち上げた。展示会や婚活パーティ、企業や公共団体のPRイベントなど、比較的小規模なイベントを請け負う会社だ。その経営が行き詰まっている。同じような会社がもう一つできて、そちらの方が依頼主の意を汲んだ上に斬新な企画を出してくるので、友樹の会社はどんどん仕事を取られているようだ。

彼が腹に据えかねているのは、そこの会社の社長が元同僚だということだ。沖野という社長と友樹は、元々市場調査をする会社に勤めていた。地元企業の要望に応える形で、ネットリサーチやアンケートの集計、聴き取り調査等を行う。提供された情報や分析を、企業は商品開発や広告、サービスの提供に役立てるのだ。

そうした業務の中で、友樹は企業がイベントの企画運営を担ってくれるところを求めていると知った。だから自分で会社を興したのだった。市場調査会社時代に顧客だった企業が、少しずつ仕事を回してくれた。地元密着の友樹の会社は、丁寧で綿密な仕事をすると、引きがあった。

ところが友樹の成功を知った沖野が、この業界に参入してきたのだ。それほど大きくない市場を二つの会社で取り合う形になり、しかも沖野の方がユニークな企画力を持っているので、友樹の会社は形勢不利になった。

後発の、しかも友樹のアイデアを横取りしたような沖野にしてやられて、夫は苛立っている。どうにか逆転できないものかと頭をひねっているところなのだ。万結のコンクールを聴きにいったり、久仁子の人間関係に口出ししたりする精神的余裕がなくなってきている。

冴子は弱々しく首を振って、リビングの照明を落とした。

久仁子はせっせと巻きずしを作っている。

節分の日の恒例行事だ。年を経るごとに具が多くなって、恵方に向かってかじるにかじれないほど太くなるのには閉口するが、具を煮付けたり酢飯を作ったり、すべてを久仁子がやるので冴子は楽でいい。

「豆撒きをして、福を呼び込まなくちゃね」

そう言いながらできた巻きずしを一家四人で食べ、豆を撒いた。

「鬼はーそと！　福はーうち！」

大声を出して撒いているのは久仁子だけで、六年生の万結も照れくさがっているし、友樹に至っては、テレビの前に陣取ったまま立って来ようともしなかった。

「ほら、もっと威勢よく撒かないと福は来ないわよ。万結ちゃんがピアノコンクールの本選でも優勝するように」

「それはいくらなんでも無理だよ」

万結は苦笑した。本選は春休み期間中に開催される。小学校の卒業式も中学校の入学準備もそっちのけで、万結はピアノ練習に没頭している。ピアノの先生からの情報によると、本選の出場者は皆、優れた技術、表現力の持ち主らしい。それで万結はここのところ、気弱になっている。

「鬼はーそと！　福はーうち！」

二階のベランダで豆を撒いている久仁子の声が響いてきた。

念がこもったような久仁子の豆撒きに、冴子はちょっとだけ怖気（おぞけ）を振るった。

緑川の妻が体調を崩したという。緑川は妻の病院通いに付き添ったり、家事を引き受けたりで忙しく、カラオケ教室もお休みになることが多い。カラオケ教室を休むくらいだから、緑川は妻に付きっきりということだろう。それでは久仁子とのデートもままならないはずだ。

やはり彼との仲はたいしたことはなかったのだ。緑川は、平凡な愛妻家だったのだ。久仁子の強引さに引きずられる格好で、彼が応じていたという構図だったようだ。だが、人気があるカラオケ教室の先生と誰よりも親密であるということは、久仁子にとっては大きな意味があった。緑川との交際は、人生のたそがれ時を迎えた老女に優越感をもたらした。あれは独り身になった彼女に突然訪れた生きる標（しるべ）であり、生活の張り、彩（いろど）りだった。

豆撒きをしながら、またあの刺激的で輝かしい生活が戻ってくることを祈っているのではないか。がなり立てるような久仁子の声を聞きながら、冴子は思った。

カラオケ教室が間遠（まどお）になると、仲間が家に集まるということもなくなった。熟女たちの熱も一気に冷めたようだ。ひと時、久仁子も元気がなかった。ピアノ練習に打ち込む万結に遠慮するように家でも小さくなっていた。他の習い事にも熱が入らず、食も細くなって、それはそれで心配なことではあった。

だが、そのうち新しい友だちができたようで、家に呼ぶようになった。冴子もほっと胸を撫で下ろした。うまくいかない会社経営をどうにかしようと、しゃかりきになっている友樹を母親のことで煩わせたくはなかった。

久仁子が連れてきた友人は、五十代半ばくらいの女性だった。歯科医院の待合室で隣り合ったことで知り合ったらしい。韮崎千秋という人だ。千秋はふくよかに肥えていて、浮かべる笑みにも人の好さを感じさせた。着ているものは垢抜けないし、口数も少ない。活動的な久仁子とどうして仲良くなったのかちょっと怪訝には思ったが、穏やかな千秋と話すことで久仁子も癒されているのだと理解した。

自分にも息抜きが必要だと冴子は思う。このところ、友樹はあんな調子だし、万結はピアノコンクールへ向けて張りつめている。二人が仕事や学校に出かけ、久仁子が新しい友人とゆったりと過ごしている間に、冴子は久しぶりにランチを外で楽しむことにした。

ちょうど大学時代からの友人、島本美央から誘いの電話がかかってきたのだ。時々誘われるのだが、冴子は断ることも多かった。でも今回は気分転換に彼女と話をするのもいいかと思い直した。

待ち合わせたイタリアンレストランに現れた美央は、相変わらずゴージャスななりをしていた。身に着けているのはすべてブランドもの。緩く盛り上げた髪型にも、エステで磨いた肌にもネイルにもお金がかかっているのは一目瞭然だ。

「久しぶりだね、冴子。元気だった？」

屈託なく話しかけてくる美央に、笑みで応えた。

「ごめんね。いつも誘ってくれるのに出て来られなくて」

「いいって。私こそ、自分勝手な時に誘いをかけているんだから」

彼女の実家は有名な料亭だった。大学時代からかなり贅沢な暮らしをしていた。その頃は彼女が経済的に恵まれていることは、あまり気にならなかった。彼女の境遇を羨むほどには、冴子も他の友人も特に苦労しているわけではなかったから。親に養ってもらい自由気ままに遊ぶ、どこにでもいる女子大生だった。

だが、結婚後は微妙に違った。美央は内科の開業医と結婚した。代々続いた医者の家で、島本病院は、かなりの病床を有する大病院だった。美央はさらに裕福な生活を営むようになった。それに伴い、付き合う相手も変わっていった。夫の交際関係である医者やその妻、子どもが通う私立学校の保護者たち、ゴルフや海外旅行など金のかかる趣味から生まれた仲間、通っているスポーツジムの友人、義母がやっているジュエリーショップを手伝うことで知り合ったセレブな顧客など。生来社交的な美央は、それらの人物たちとの付き合いをそつなくこなした。

そんな彼女から離れていった友人も多い。いつまでも学生時代の気ままな付き合いはできないということだ。美央の方は、そういうことをあまり気にしているようではない。元々伸びやかで鷹揚な性格だった。それも裕福な家に生まれたからこその資性かもしれない。育ちがいいゆえのあっけらかんとした明るさと、物事にこだわらない緩さも持ち合わせている。冴子が美央との格差を自覚しながらも、彼女と訣別してしまわないのは、ぎりぎりそういうところを好もしく思っているからだ。

美央の方も、長い付き合いの冴子に信頼を置いているのか、それともただ無防備なのかわからないが、包み隠さずに自分をさらけ出してくるのだ。

内科医の夫とは寝室も別々で、お互い干渉することなく暮らしていると美央は言った。夫には長年決まった愛人がいて、彼女との生活も大事にしているのだという。よって夫との間に性的な交渉はない。

「その方がいいわよ。私たち、初めから体の相性が悪かったしね。私と結婚したのは、ただ跡継ぎが欲しかっただけ。それが達せられたんだから、もういいんでしょ」

さばさばとそんなことを言う美央には愕然としてしまった。

だが、美央の方も、時々夫以外の男性と肉体関係を持つと聞いて、さらに驚いた。そのことは、夫も薄々気がついているが、特に何も言われないそうだ。

「私だって性欲はあるし、時には恋愛感情だって芽生えるのよ」

そううそぶく美央の恋愛談を、会う度に冴子は聞かされる。

スポーツインストラクターと深い仲になり、彼の恋人とひと悶着起こしたこと。ふらりと入ったバーで隣り合った初老の男性と一晩だけの関係を持ったこと。夫と子どもと三人でよく通ったレストランのオーナーとも付き合った。向こうも妻帯者だった。大人の関係で、これは結構長く続いた。別れたのはオーナーが離婚して、美央と一緒になりたいと望んだからだ。それをきっぱりと断り、男との関係も終わりにした。

つまり、美央にとっては恋しているとは言うものの、何もかもが遊びなのだ。退屈を紛らわすワクワクするイベントにすぎない。友人に打ち明け話をするのも、彼女にとっては娯楽の一つなのだ。最近ではそういうつもりで冴子も耳を傾けるようにしている。ただ純粋に友人の刺激的な体験談を楽しむように。

だが、その日美央の口から漏れた話は、さらりと聞き流せるものではなかった。

「ねえ、冴子、憶えてる？　同じゼミにいた村瀬君」

パスタを口に運ぼうとしていた手が止まった。美央の方は素知らぬ顔で続ける。

「彼、東京で働いていたんだけど、去年、こっちに帰って来たらしいのよ」

「そうなんだ」

「知らなかったでしょ？　私もびっくりしたの。偶然タクシー乗り場で出会って。五か月前よ」

冴子と美央とはその間、会うことがなかった。村瀬との再会のことを、美央は冴子に話したくてうずうずしていたに違いない。

「村瀬君、一度も結婚してないんだって。仕事が忙しくてそんな暇なかったんだなんて笑ってた」

それでは、あの時の彼女とは別れてしまったのだ。冴子は、食べかけの春キャベツとベーコンのパスタを見下ろしながら考えた。

村瀬稔（みのる）は、冴子や美央と同じゼミに所属していた。成績優秀で、ゼミの活動においてはリーダー的存在だった。軽音楽部でバンドを組んでベースを弾いていたと思う。

冴子は当時、村瀬に恋していた。ハンサムなのにそれを鼻にかけることなく、誰にでも分け隔（へだ）てなく優しく接する村瀬に惹（ひ）かれていた。彼とゼミでの課題に取り組み、講義を受け、ざっくばらんにしゃべり、食べたり飲んだりした。合宿やゼミ旅行にも行った。そばにいるだけで幸せだったし、その間にも、彼への気持ちは募（つの）った。だが、その気持ちを彼に告げることはなかった。その頃、村瀬には決まった恋人がいたから。高校時代から付き合っていた彼女だった。そこに入り込める余地はなかった。

自分の中だけで完結したせつない恋だ。今では思い出すこともなかったが、村瀬の名を聞いて、あの時の甘やかな多幸感や、成就することのない恋の苦しさが蘇ってきた。

頰杖をついて、美央はウフフと笑った。その唇がオリーブオイルでてらてらと光っている。嫌な予感がした。その先は聞きたくないと思った。が、美央の言葉は容赦なく耳に流れ込んできた。

「連絡先を交換して別れたんだけど、すぐに彼から連絡がきたの。食事でもどうって。もちろんOKよって答えたわ。村瀬君、私が結婚してることを知っているから遠慮してたみたいだけど」

食事やドライブが何度か続いた後、村瀬は美央をホテルに誘った。

「まさか村瀬君とそんなことになるとは思わなかったわ」

嘘――。心の中で冴子は呟いた。初めからそれを期待して彼の誘いに乗ったんでしょ。

「村瀬君は東京では仕事中心の生活だったから、女の人とどうこうなるってことはなかったって言ってた。でも転職してこっちに戻ってきて、私と出会って、その考えを改めたんだって」

美央に夫がいるのを知っていて？　村瀬らしくない行動だ。冴子の知っている村瀬とは違う。

「今では私と会わないでいるのが苦しいって言うの。こんな気持ちになるのは初めてだって」

冴子は手にしていたフォークをそっと皿の上に置いた。食欲は急速に衰えていった。

「彼と会っている時は、私も学生に戻った気になるのよ。お互い、ただ純粋に相手を求めるというか――」

美央は片手を頬に当てたまま、宙を見詰めた。そこに何を見ているのだろう。ベッドの上で絡み合う二人の姿？　二十代の学生がするように激しく強く夢中になって？　上気した肌、熱い息、喘ぎ声、淫靡な囁き――。

冴子はぎゅっと目を閉じた。

「どうするつもりなの？」

ようやく絞り出した声はかすれていた。

美央は「え？」というふうに冴子を見返した。

「どうって――。まあ、なりゆきまかせよ。こういうことはね」

村瀬君と寝るのは、ただ単にお遊びの延長なんでしょ？　恵まれてはいるけれど、退屈な生活に潤いをもたらすエッセンスの一つとして。今まで何度も思い、その都度こらえてきた言葉が、喉元までせり上がってきた。

バカな村瀬君。こんな人に引っかかるなんて。

私なら――。

はっとした。私なら、そんなことはしない。彼とそういう関係になったら、何もかもを受け止め、真摯に彼との将来を考えるのに。起こるはずのない未来を想起し、そんな自分を笑った。

早く目を覚まして、村瀬君。届くはずもない言葉を、心の中でそっと呟いた。

韮崎千秋は頻繁に久仁子のところへやって来るようになった。よっぽど馬が合うのだろう。お茶を持っていくと、「いつもすみませんねえ」と白髪がちらほら浮いた頭を下げる。そして一時間か二時間、静かに久仁子としゃべって帰る。

あれからカラオケ教室はたまにしか開かれていないようだ。それでもその日には、久仁子はおしゃれをしていそいそと出かけていく。帰って来ると、暗い顔をしているから、緑川には素っ気ない態度を取られるのだろう。

それとなく質（ただ）してみると、緑川の妻の病状はよくなってきて、緑川も生き生きとしているらしい。しかし妻の病気を機に、夫婦の絆（きずな）は強まったようで、緑川はカラオケ教室を畳んで妻との生活を大事にしようと考えているらしい。それで久仁子は消沈しているのだ。

冴子もあれから美央と村瀬のことで気をもんでいる。時折、美央に連絡せずにいられない。二人の関係がどこまで進展したか知りたくて自分を抑えられないのだ。美央は特に隠すこともなく、あけすけに村瀬との逢瀬（おうせ）や睦事（むつごと）のことをしゃべる。まるで冴子の気持ちを知って弄（もてあそ）んでいるようだ。

学生時代、村瀬に恋心を抱いていたことは、誰にも告げていない。もちろん美央にも。だが、こういう方面に敏感な彼女は、あの頃から冴子の気持ちに勘付いていたのかもしれない。だからこそ、今こうして村瀬との関係を見せびらかすように冴子に話すのだ。いや、偶然に村瀬に再会した時、そんな先を予想して彼を誘惑したのではないか。

そこまで深読みしてしまう。美央との会話の後、嫉妬と憎悪に身を焼かれる思いがした。負の感情は真っ黒い塊（かたまり）となり、冴子の胸の中でどんどん重量を増した。じりじりしながら、家で考え込むことが多くなった。夫との会話も減った。彼も自身の会社経営のことで悩んでいるのだ。

「それじゃあ、お邪魔しました」

玄関で千秋の声がした。急いで玄関まで送りに出た。くたびれた靴を履(は)いて振り返った千秋がぺこりと頭を下げた。近寄っていって、彼女が提(さ)げた紙袋を見るともなく見た。紙袋の上から花瓶(かびん)の首が突き出している。

「あら、それ――」つい声が出た。

「ああ、それね。千秋さんが欲しいっていうからあげることにしたの」

さらっと久仁子が言った。亡くなった義父は、焼き物を集めるのが唯一の趣味だった。それで今も大皿や壺、花瓶などが部屋に置いてある。どれもそう高価なものではない。その一つを久仁子が千秋にやったのだ。

「ほんとに素敵な花瓶をありがとうね、久仁子さん。きっと大事にしますね」

千秋がそう言い、久仁子も満足そうに微笑(ほほえ)んだ。長年放置されて埃(ほこり)を被(かぶ)っていたような代物(しろもの)をもらって有難がるなんて、千秋もちょっと変わってると思い直した。

「ただいまあ」

玄関のドアが開いて万結が入って来た。

「あら、お帰り、万結ちゃん」

久仁子が答えた。玄関に千秋が立っているのを見て、万結はドアの前で立ち止まった。

「こんにちは」千秋が挨拶し、万結もぺこりと頭を下げる。

「万結ちゃん、ピアノの練習頑張ってね。おばちゃん、応援してるからね」

千秋に声をかけられて、万結は曖昧な笑みを浮かべた。おおかた久仁子が孫の自慢をしたのだろう。千秋は「それじゃあ」と言って帰っていった。

玄関横の窓から、アイアンの門扉を押し開いて出ていく千秋の後ろ姿が見えた。花瓶が入った紙袋を大事そうに胸に抱えていた。


三月に入ると、万結はほとんど毎日、ピアノのレッスンに通い始めた。どうやら最終の仕上げに入ったようだ。

本選の課題曲はプロコフィエフの『タランテラ』とショパンの『幻想即興曲』。どちらも難しい曲だ。到底小学生が弾く曲とは思われない。それほどレベルの高いコンクールだということだ。それでも初めて本選に進めたという喜びがあるのだろう。万結は家でも地道に練習を重ねている。

冴子は、誇らしい気持ちで我が子の頑張る姿を見ていた。

一方久仁子は、週に一度はやって来る千秋と話すのを楽しみにしているようだ。千秋は来た時も帰る時も、冴子に丁寧に挨拶をする。隣町で一人暮らしをしているという彼女も暇を持て余しているのか。カラオケ教室がたまにしかなくなり、他の活動にも意欲を示さなくなった久仁子の相手をしてくれるので助かる。

「こんなに度々お邪魔してご迷惑でなければいいけど」

「いいえ。義母(はは)も喜んでいますから、どうぞ遠慮なく」

そう答えながら、この人は久仁子のところに来て楽しいのだろうかとふと考えた。久仁子のような老女と話す以外に、この人の年代ならすることはたくさんあるだろうに。他に何か目的でもあるのか。深い意図も欲もなさそうだけど。この人が得たものといったら、古びた花瓶一つだけだ。そんなことをぼんやり考えていたら、靴を履き終わった千秋が玄関に立って、じっと冴子を見ていた。

中年女の視線は、冴子の胸元に向けられていた。はっとした。千秋が見ていたのは、冴子がブラウスに着けたカメオ風のブローチだった。本物のカメオではない。近所の雑貨屋で買った安物だ。でも素敵なデザインなので、冴子は気に入っていて時折着けていた。それを千秋は食い入るように見ている。

「じゃあ、また来てね。千秋さん」

久仁子の声で我に返った。千秋はブローチから目を逸(そ)らし、のっそりと背を向けてドアを開けた。見送りながら、冴子は胸元のブローチをそっと手でくるむ。千秋は、物欲しそうにこれを見ていた。心の底から欲しそうに。

久仁子のポケットの中で携帯電話が鳴った。

「はいはい」

久仁子は携帯電話を耳に当てながら、廊下を歩いていった。呼びかけた名前から、カラオケ教室の仲間だとわかった。

「え？」大きな声を出した久仁子がその場で立ちすくんだ。「まあ」戸惑いの声。それから相手の話に小さく何度も頷いている。

通話を切って振り返った久仁子の顔に、喜悦と邪気とが混ざったものが浮かんでいた。そこに冴子がいるのを知った久仁子は、さっとそれを引っ込めて表情を引き締めた。そして言った。

「緑川先生の奥様が亡くなったんだって」

緑川のところには、カラオケ教室の生徒たちが押しかけて、茫然自失した彼に代わって通夜や葬儀の段取りをしたそうだ。子どももなく、親戚とも疎遠になっていた緑川は、お節介なカラオケ教室の連中に頼るしかなかったのだ。もちろん、中心にいたのは久仁子だ。てきぱきと場を仕切っていく久仁子の様子が、目に見えるようだった。葬儀の後も緑川の家に通い、何かと世話を焼いている。彼女はとうとう意中の人をその手に取り戻したわけだ。生活に張りができた久仁子は、活力を取り戻してきた。

別に緑川との関係を深めたいというわけではないだろう。ただ、カラオケ教室の面々を出し抜いて、密かに緑川を支えているという自負が、何ものにも代えがたい愉悦(ゆえつ)を彼女にもたらすのだ。これは一種のゲームだ。ゲームの首尾を、千秋という格好の聞き手にしゃべることもできる。

もう放っておこう。冴子はそう決めた。苛立っている友樹の耳に入れて、さらに不機嫌にさせるのはいいやり方ではない。このところ、リモートワークと称して、友樹は家にいることが増えた。仕事が減っていて、出社する必要がないのではないか。冴子はそう睨(にら)んでいるが、もちろんそんなことは口にできない。

久仁子のところへ度々千秋が訪ねて来るのも、家にいる友樹にはわかっているとは思うが、何も言わない。時には玄関で千秋から挨拶されたりもしている。友樹もぶすっとしているわけにはいかなくて、一言二言は返しているようだ。

難しい顔をして、パソコンに向かっている友樹とずっと一緒にいると気詰まりだ。彼の方も、冴子と話したくないようなので、無理に用事を作って外出したりした。デパートの中をうろうろしたり、カフェでお茶を飲んだりしても、心ここにあらずだった。友樹の会社が潰れてしまったら、どうなるのだろう。たちまち生活に困る。自分も働きにでないといけなくなるだろうか。自分にどんな仕事ができるだろう。様々なことが頭をよぎる。

そして最後には、美央と村瀬のことに思いが至るのだ。裕福な美央は、生活の心配などすることなく、自由奔放に生きている。夫とは適度な距離を保ち、だが家庭が破たんすることは望まない。そして複数の男と恋愛遊びをして楽しんでいる。彼女は今まで挫折だの不安だのを味わったことはないだろう。そんなものは自分とは無関係だと思っているに違いない。

その上に、今度は村瀬という恋人まで手に入れた。どうしてだろう。どうして彼女の周りだけがうまくいくのだろう。冴子の中の黒い憎しみの塊は、さらに重さを増した。

ある日帰宅して玄関に入った時、どこか違和感を覚えた。玄関をじっくりと見回してその理由がわかった。靴箱の横に立てかけてあった友樹のゴルフクラブがなくなっているのだ。ゴルフバッグは、玄関脇の収納庫に入っている。一本だけ出してあったクラブは、もう使わなくなった古いもので、たまに友樹が庭で素振りをするのに使っていた。

ちょうど友樹が廊下に出てきたので、ゴルフクラブをどうしたのか問うた。

「ああ、あれ？」さもないことのように友樹は言った。

「あれ、韮崎さんにあげたんだ。欲しいって言うもんだから」

千秋がゴルフクラブを欲しがるなんて信じられなかった。小太りで鈍重そうな千秋とゴルフは、どうしたって結びつかない。今までゴルフのことなんか話題に上ったこともない。

「どうして？　千秋さん、ゴルフなんて――」

「さあね。あれ、僕はもういらないからいいんだ。あの人、凄く欲しそうにしてたし、おふくろもあげたらって言うもんだから」

どうにも腑に落ちない。それとなく久仁子にそのことを訊いてみた。案の定、久仁子は気にも留めていなかった。

「防犯用として家に置いておくんじゃないの？　どうしてかあの人、つまんないものを欲しがるのよね」

ケラケラと笑う。それで納得すべきなのだろう。だがこの前、冴子のブローチを物欲しそうに眺めていた千秋の視線を思い出した。あれはちょっと――気味が悪かった。

「まあ、いいじゃない。ゴルフクラブの一本くらい」

久仁子はそう言ってさっさと背を向けた。

友樹の会社に対抗していたイベント会社が潰れた。頼りにしていた金庫番が、運転資金を持ち逃げしたらしい。友樹たちのような会社の規模では、そんなことがあったらたちまち行き詰まってしまう。ライバル会社が潰れたせいで、友樹の会社は息を吹き返した。向こうに取られていた顧客が、また仕事を依頼してくれるようになったのだ。

友樹は仕事に励むようになり、機嫌がよくなった。冴子も安堵した。

息子の会社が危機に直面していたことを、そう重大なことと認識していなかった久仁子は、再開されたカラオケ教室へいそいそと通っている。独居者になった緑川は、すっかり惰弱になってしまい、世話を焼かれるままに久仁子を受け入れている。久仁子は大張り切りだ。緑川に取り入ろうとする別のグループを退けて、自分のグループの仲間を連れて、緑川の家に出入りしている。

緑川の家で手分けして家事をこなして帰るのだ。まるで女子中学生のクラス内での派閥争いだと、冴子は思う。意気揚々と帰って来た久仁子は、ソファにどっかりと腰を下ろす。

「ああ、疲れた！」

わざとらしく肩をもむ。それでも笑顔だから、心地よい疲労なのだろう。冴子はキッチンからそんな義母の様子を見やった。何となく嫌な気分だ。緑川の妻の死は、久仁子にとっては願ってもないことだったわけだ。

ピアノレッスンから戻ったばかりなのに、万結は夕飯前にまたピアノに向かう。

「お、万結、頑張ってるな」

帰宅した友樹がネクタイを緩めながら、リビングルームを覗いた。万結は顔も上げない。友樹は気にする様子もなく、二階に上がっていった。階段を上がる足取りも軽い。ソファに座ったままの久仁子は、夕飯ができるのをじっと待っている。

友樹が着替えて下りてきて、万結にも夕食のテーブルに着くようにと声をかけると、ようやく久仁子も腰を上げた。

沖野の会社で働いていた社員を、友樹のところで一人引き受けることになったという。缶ビールのプルタブを引きながら、友樹は彼から伝え聞いた話を披露(ひろう)する。

沖野は出足のよさに気をよくして、会社をどんどん大きくすることしか考えていなかった。経営においては、ど素人(しろうと)の楽観主義者だったと友樹はこき下ろした。そこを突かれて、経理担当者にしてやられたわけだ。銀行からかなりの借入金があり、それが返済できないという。一時は羽振りがよかったが、今は自宅も手放し、金策に走り回っているらしい。

元の職場にもう一度雇ってもらえないかと掛け合ったらしいだの、妻の実家に泣きついただの、沖野の凋落(ちょうらく)を楽しんでいるような口ぶりだ。それにいちいち「そうなの」だの「調子に乗り過ぎたのね」などと感想を挟む久仁子にも胸が悪くなる。

やがて友樹は「ひと仕事するか」と立ち上がった。万結も宿題をするために、二階の部屋に向かった。二人がいなくなっても、久仁子は自室へ引き揚げず、ぐずぐずとリビングでテレビを見たり、新聞を読んだりしていた。片づけを終えた冴子がキッチンから出てソファに座ると、そばににじり寄ってきた。

「ねえ、冴子さん。ここのところ、うちは何だかいいことが起こるわね」

「ええ、まあ」

曖昧な返事をした。久仁子はククッと喉の奥でいやらしく笑った。

「ほら、豆撒きをしたじゃない。あれで福がやって来たのよ」

義母の子どもっぽい言いぐさに苦笑した。

「あのすぐ後に千秋さんと出会ったでしょう？　そしたら何もかもうまくいき始めた気がするのよ。あの人、福の神だわ」

今度こそ、ぷっと噴き出してしまった。

「あら、本当よ」久仁子はムキになる。「あの人、つまらないものを欲しがるって前に言ったでしょ？　私は花瓶をあげたわよね。そしたら――」

そしたら、緑川の妻が死んだ？　背中を悪寒が走った。

「私、友樹の話を聞いて気がついたの。ほら、千秋さん、友樹にもゴルフクラブをねだったでしょう？」

「偶然ですよ」

友樹のライバル会社が潰れたことまで千秋のおかげだというのか。あの人が福の神？　価値のない品物と引き換えに願いをかなえてくれる？　ばかばかしい。カラオケ教室の先生の取り合いに勝利したからといって、妄想を膨らませ過ぎる。沖野の会社が潰れたのは、彼に経営の才能がなかったせいだ。よりによって、千秋のような毒にも薬にもならないような中年女性を神様に祭り上げるとは。

「いいえ、そうよ。きっとあの人は福の神なのよ。私は一生懸命、皆の幸せを祈って豆を撒いたんだからね。冴子さん、知ってる？　豆は魔目(まめ)と書いて霊力が宿っているのよ」

久仁子はそう言いながら、新聞の隅にその文字を書いてみせた。

「だからって……」

「千秋さん、聞き上手な人だなって思ってたの」久仁子は冴子の言葉を無視した。「でも違うの。あの人はね、人の心を読むのよ。黙って聞いて、そして本当の願いをわかってくれる――」

身を乗り出してくる久仁子の目には、異様な光が宿っていた。冴子は思わず体を退(ひ)いた。

「あの人にあげた品は、お供え物よ。そうすれば――」

願いがかなえられる？

──鬼はーそと！　福はーうち！

豆を撒く鬼気迫る声が蘇ってきた。感化されやすい久仁子は、自分が作り上げた妄想に搦めとられ、おかしくなっている。そんなことがあるわけがない。

でも──。

村瀬は主に新築マンションを扱う不動産会社に勤めている。

そこが市内に新しいマンションを建てるので、モデルルームの内覧会を開くという。その通知ハガキが冴子のところにも送られてきた。美央が勝手に住所を教えたらしい。美央に問い質すと、内覧会に人を集めないといけないので、協力してあげて欲しいと言われた。

「村瀬君、苦労してるのよ。東京が長かったから、こっちにはもうあまり知り合いがいないし」

それで美央と誘い合わせて内覧会に出かけることにした。

愛人のために骨を折る美央にも、それを唯々諾々と受ける村瀬にも嫌悪感を抱いたが、それよりも村瀬に会ってみたかった。大学卒業以来、彼には会っていなかった。もはや彼にときめくものは感じたりはしない。そこを確かめたかった。

村瀬が、美央のひと時の遊び相手に選ばれた憐れな男になり下がっているのを見たら、きっと悶々としている自分の気持ちにもケリがつくだろうと考えたのだった。

美央の都合に合わせたので、午後の遅い時間に会場に足を運んだ。

もう一通りの招待客は来場した後なのだろう。受付は閑散としていた。

すぐに村瀬がやって来た。

「久し振り。来てくれてありがとう。助かったよ。この会社では、僕はまだ新入社員だから」

村瀬に真っすぐに見詰められて、冴子はここへ来たことを後悔した。十五年前に別れたままの村瀬だった。溌剌としていて、それでいて品のよさを感じさせるたたずまいや機敏な身のこなし、真率な話し方にそれは表れていた。学生時代にはリーダーシップもあり、誰からも信頼されていた存在だった。営業マンになった今は、スーツ姿も板につき、経験を重ねた落ち着きと賢明さも加わった。

村瀬は三つのモデルルームを順に案内してくれた。美央は時々、マンションへの質問を差しはさんだ。まるで購買意欲のある顧客そのものだった。モデルルームの中ですれ違う他の招待客や営業員には、そう映ったに違いない。この二人が、ベッドの上で息を弾ませてお互いの肉を貪り合う関係だとは、誰も想像することはできないだろう。

　彼の説明を、冴子はろくに聞いていなかった。

　モデルルームを出て、近くでお茶でも、ということになった。マンションのパンフレットと粗品の入った紙袋を渡されて、美央と冴子は村瀬の後をついていった。歩いて数分のところにしゃれたカフェがあり、村瀬は木製のドアを押し開いて待っていた。ところが、カフェに入ろうとした時に、美央のバッグの中でスマホが鳴った。

　美央は、先に入っていてと目で伝えてきた。そして前庭で立ったまま、スマホを耳に当ててた。窓際の席に座った村瀬と冴子は、たいした会話を交わすこともなく、向かい合っていた。冴子は、こんなところにのこのこと出かけてきた自分をまた呪った。

　すぐに美央が入ってきた。

「ごめん。ちょっと『グレース』へ行かなきゃ。お義母さんに呼びつけられちゃったわ。私を贔屓にしてくれているお客さんが待っているらしいの」

「グレース」は、彼女の義母がやっているジュエリーショップの名前だ。それだけ言うと、美央はカフェから飛び出していった。呆気に取られて外を見ると、道路端でタクシーを停めて乗り込む美央が見えた。

カフェのスタッフが注文を取りに来たので、仕方がなく、二人はブレンドコーヒーを注文した。コーヒーを飲む間、村瀬は今日わざわざ足を運んできてくれた礼を言い、マンション業界の現状などをしゃべった。冴子は自分の近況を話した。味気ないおざなりの会話だった。村瀬は美央とはどんな会話をするのだろうと思った。気まずい時間が過ぎ、どちらからともなく、腰を上げた。支払いを済ます村瀬を、カフェの外で待った。もう二度と彼に会うことはないだろう。私はまた美央を通じて彼のことを聞くしかなくなる。

「じゃあ、今日はどうもありがとう。会えてよかった」

カフェの前で村瀬はそう言い、片手を上げて背中を向けた。遠ざかる村瀬の後ろ姿を見詰めて、冴子はその場に立ちつくしていた。

会えてよかった？　——なんでそんなことを今言うの？

抑えきれない感情が、体の奥から湧き上がってくるのがわかった。考えるより先に、体が動いていた。冴子は走りだした。

「村瀬君！」

呼び止められて振り返った村瀬に、言葉のつぶてを浴びせた。

「あなた、美央とこれからどうするつもり？　あなたの気持ちは知らないけど、美央は本気じゃない。あなたのことを大事に思っているわけでもないわ」

幹線道路を行き交う車の騒音に負けないように大声を上げた。歩道の真ん中に立った村瀬の表情が、驚愕から諦めに変わるのがわかった。

だが、一度堰を切った言葉は止まらない。

「美央は気ままに男の人と関わるの。あなただけじゃない。結婚した後、今までに何人もの男性とそういう関係になった。行きずりの人ともね。ご主人もそれを許しているのよ。あの夫婦は普通じゃない。美央はそれをいいことに好き勝手をしているの。村瀬君を愛しているわけじゃない。あなた、遊ばれているのよ」

冴子の言葉が途切れるのを、村瀬は静かに待っていた。

「知っているよ」

騒音の中、聞き間違えたのではないかと、冴子は耳をそばだてた。

「そんなことは初めからわかってる」

村瀬の顔が苦し気に歪む。

「それなのに、どうして――？」

「彼女を愛しているから」

その一言は、冴子を完膚なきまでに叩きのめした。

「美央が本気じゃないのは知ってる。でも僕は美央と一緒にいたいんだ。ずっと昔から美央に惹かれてた。彼女と偶然出会って、こういう関係になった。昔かなわなかった思いが遂げられた」

「わからないの？　美央はあなたを受け入れているわけじゃないわ」

「わかってるよ。あいつがどんなふうに僕のことを思っているか。でもいいんだ、このままで」

「バカだわ、あなた」

「そう。バカだ。でも、一番僕の気持ちに沿う生き方だと思う。僕はこのままでいい」

それだけ言うと、村瀬はまた背を向けて歩き去った。冴子は茫然自失して、長い間そこに立っていた。

しばらくして、ふと我に返って周囲を見回した。スマホを耳に当てて歩く中年のサラリーマン。路肩に停車して、配達の荷物を取り出す宅配便の業者。自転車を漕ぐ学校帰りの高校生。誰も冴子の方を見ていなかった。それぞれがそれぞれの人生に向き合って、やるべきことをやっている。村瀬が愚かな生き方を貫くように。

冴子は村瀬と反対の方向にとぼとぼと歩きだした。なぜ村瀬を呼び止めたのだろう。なぜ美央に弄ばれていると彼に忠告したのか。

答えはわかっていた。美央が不幸になるところを見たいのだ。村瀬が目を覚まし、真実を教えた冴子に感謝し、そして美央から自分に気持ちを移してくれたら。

心の奥底で、そんな手前勝手なシナリオを描いていたことに、今さらながら気がついた。

もしそんなことが起こったら、美央は自尊心を傷つけられ、もう二度と冴子の前で傲慢な態度を取れなくなるだろう。一点の曇りもない彼女の人生を、墨で真っ黒に塗りたくってやりたかった。

だけど——結果はまるで違った。

自分が嫉妬にかられた醜い女であると認識しただけだった。

幹線道路沿いを歩いていると、自動車販売店の前を通りかかった。ふと足を止め、大きなガラスに映った自分の姿に目を凝らした。村瀬に会うというので、あれこれ悩んで選んだ洋服を着て、入念に化粧をした自分が映っていた。美央のそばで見劣りすることなく、少しでもよく見せたかったのか。あのシナリオが実現した時のことを予想して。

青ざめた顔の自分が、見返してきた。みすぼらしく、滑稽だった。

いつか見た緑川と並んで歩く久仁子と同じだった。

家に帰ると、久仁子はどこかへ出かけていた。おおかた緑川のところだろう。古びた花瓶を千秋に差し出して、久仁子は願いをかなえてもらったと信じているのか。久仁子は緑川の妻の死を望んだのか。

美央を憎むあまり、自分もおかしくなっている。

冴子はキッチンでコーヒーを淹れ、カップを持ってソファに座った。しばらくはそのままぼんやりしていた。すると笑いが込み上げてきた。バカなのは、私の方だった。しっぺ返しを受けたのは、私だった。笑って笑って涙が出た。

明日には、美央は村瀬に連絡を取るだろう。村瀬は、冴子に言われたことなど頭の隅に追いやって、彼女の許に急ぐのだ。

なぜなら——彼は美央を愛しているから。美央は生来、男に愛されるようにできている。美しく、残酷な女は、これからも変わりなく生きていくのだ。そして私は、美央を憎みながらも振り回されて生きていくしかない。

冴子は大きく深呼吸をして、冷めたコーヒーをゆっくりと飲んだ。自分の中で渦巻く黒い感情を無理やり飲み下すように。これからもこうしてやり過ごそう。美央が手にしたものとは比べものにならないけれど、ここが私の居場所、残された最後の砦だ。

気を紛らわすために、万結のピアノ演奏を聴くことにした。レコーダーのスイッチを入れる。『アラベスク第一番』を弾く万結の映像を見ると、心が和んだ。心を無にして聴き入った。これを撮影したのは、去年の十二月のこと。楽器店の音楽サロンで度胸をつけるために演奏した時は、予選を控えて緊張していたと万結は言っていた。

五分ほどの映像にじっと見入る。何かが気になった。ほんの小さな、だが鋭い棘に、肌をカリッと引っ掻かれた気がした。カップをガラステーブルの上に置いて、画面に近づく。もう一度、再生した。グランドピアノと万結が大映しになっている。手前には、並べられた椅子に座って耳を傾けている人たちがいるはずだが、そこは映していない。万結だけに焦点を当てて撮影したのだ。

何度も再生ボタンを押して繰り返し見た。

そして違和感の正体がわかった。グランドピアノの黒いボディに、万結の演奏を聴きに来た人たちの顔が不鮮明に映っている。そこに目を凝らすと、知った顔が浮かび上がってきた。ふっくらとした顔に、これも丸っこい目鼻。贅肉をまとった体に垢抜けない洋服を着た——韮崎千秋だった。

最前列で万結の演奏に楽しそうに聴き入っている——福の神。

今度こそ、ぞっとした。あの人は、ずっと前から私たちのそばにいたのだ。久仁子が豆撒きをして呼び込むより、何か月も前から。無害で従順に見えた中年女性を、私たちはあまりにも安易に家に迎え入れたのではないだろうか。あの人はいったい誰なんだろう。

隣町で一人暮らしをしているという以外、彼女のことは何も知らない。こんなに頻繁に会っているのに、久仁子の友人というだけで納得して、それ以上詮索することはなかった。生活はどうやって成り立たせているのか。どんな経歴の持ち主なのか。あの人は自分のことは一つも語らない。

そして冴子は思い至った。ここで演奏した後、万結はレッスンバッグをなくした。あれを持ち去ったのは千秋ではないのか。お供え物を手にした千秋は、万結の願いをかなえてくれた。

万結の願い――それは皆藤彩音ちゃんが予選に出てこないこと。万結が優勝して本選に進むには、それが一番確実な方法だ。この後、彩音ちゃんは事故に遭って怪我をするのだ。

万結がそんなことを口にしたはずはない。はっきりと意識していたわけでもないだろう。でも千秋は、人の黒い欲望を的確に察するのだ。万結が弾くピアノ曲、サロンに満ちた一音一音に万結の感情が乗り移っていたとしたら？　それをあの中年女は上手にすくい取った？　久仁子が言った「人の心を読む」という意味がわかった。

――万結ちゃん、ピアノの練習頑張ってね。おばちゃん、応援してるからね。

いつか千秋が万結にかけたさりげない言葉。あれの裏にあった恐ろしい万結の願望。

彩音ちゃんは怪我をして、緑川の妻は死に、沖野は会社を潰して落ちぶれた。福の神が実現することは、片方の不幸につながっている。

――福はーうち！　鬼はーそと！

私たち一家にとっては福の神だが、あの人は別の意味では鬼だったのかもしれない。

「ごめんください」

玄関で千秋の声がした。冴子はふらりと立ち上がった。

玄関の三和土(たたき)に千秋が立っていた。

「義母は出かけているんです」

冴子の言葉には、何とも答えない。千秋は柔らかな笑みを浮かべたまま、じっと冴子の胸元を見ている。冴子も自分の上着を見下ろした。帰ってきたままの格好だった。

上着の胸元には、お気に入りのブローチを着けていた。

カメオ風のブローチ。どこにでも売っている安物の模造品。

胸元に手をやって、それを外(はず)した。これはお供え物なのだ。そして私が望むものとは――。

千秋が手を差し出した。震える手でブローチを渡す。千秋が小さく頷いたように見えたのは、錯覚だろうか。

——鬼はーそと！　福はーうち！

福の神はひっそりと微笑んだ。

コミュニティ

篠田節子

丘陵地帯には、強い西風が吹いていた。引っ越し荷物の箪笥にかけた青いシートが、あおられてばたばたと音を立てる。

和則は、丘の中央部に林立している高層棟を眺めやる。風はそれらの建物から吹き下ろし、土埃やごみを舞い上げながら、和則たちが新居と定めた低地の五階建賃貸住宅の辺りで渦巻いている。

「ちょっと」

妻の広江が、苛立ったように呼び掛けてきた。

ベネチアングラスの花瓶が、四トントラックから運び出されたところだった。二歳半になる息子の匠が手をかけようとするのを、広江は無造作に振り払い夫に手渡す。

四年前のイタリア出張の折、広江が取引先の社長から贈られたものだ。

かき抱くようにそれを両手でかかえ、和則は無意識にエレベーターを探していた。

しかしそんなものはない。承知してはいたがつい探してしまう。築三十五年を過ぎた公社住宅の階段はところどころ滑り止めが剝がれ落ち、手摺りには分厚く土埃が積もっていた。

四階の踊り場まで上って、一息つく。昼も夜もコンピュータに張りついて一歩も動かない生活を続けているせいだろう。まだ三十代だというのに息切れがひどい。太股が張って、膝が鈍く痛み出す。

そのとき階段を挟んで向かい合った五階のドアの片方が開いた。サンダルの踵を軽く引きずりながら、ジーンズにトレーナー姿の女が一人下りてくる。

「どうも」

反射的に和則は頭を下げていた。

「向かいに引っ越してきました、遠藤と申します。ちょっと荷物入れるんで騒々しくしますが、よろしく。後ほど、あらためてご挨拶に伺います」

女は、戸惑ったように、眉を寄せた。そばかすの浮いた青白い顔に化粧はほどこされていない。年の頃は二十代の後半だろうか、あるいは三十代半ばかもしれない。素顔というのは、厚化粧以上に女の年齢をわかりにくくする。

挨拶を返すでもなく、女は小さくうなずき、和則を上目使いに見た。人見知りをするようなその仕草に不釣り合いな、奇妙に煽情的な視線だ。

「あの……」

女は口ごもった。

「私、その家のヒトじゃないんです」

女は先ほど出てきた五階の扉を指差すと、小さく頭を下げて逃げるように階段をかけ下りていった。

「何をぼんやりしているの、早くドア、開けて」

ガラスの器の入った段ボール箱を手にした広江が上がってきて叱責するように言った。続いて運送会社の社員がサイドボードを抱えて上ってくる。五階まで階段で上ってきたせいで、アルバイトとおぼしき若い助手が荒い息をしている。

和則は慌てて、手に入れたばかりの鍵を差し込む。

半畳ほどの狭いたたきの向こうに、冷えきったPタイル敷きのダイニングキッチンがあった。ひび割れた壁は補修がなされ、掃除も済んでいた。それでもどことなく荒んだ空気が、窓枠や換気扇の穴や、コンクリートの壁全体に漂っている。

これが家賃四万七千円の賃貸住宅だった。妻が退職した上、不況の影響で和則の年収が七割に落ち込んだために、やむなく引っ越してきた家だ。55平米、２ＤＫの間取りは、以前に住んでいた民間マンションに比べて狭い。本やカタログ、趣味で撮った写真などは、段ボール箱で十箱以上捨てた。妻は、集めた置物やクロスの類をほとんど実家に置いてきた。

引っ越しは夕方には終わった。まだ段ボール箱がいくつか重ねられたままになっている六畳の和室から団地を見渡すと、晩秋の陽はとうに高層棟の向こうに落ちて、あたりには灯がともり始めた。

「ゴーストタウン……」と広江が小さく舌打ちした。

道路と住宅の階段を照らし出す明かりが規則正しく並んでいるだけで、家々の灯はまばらだ。

建設当初、ここにやってきた若い夫婦は、子供の成長とともにほとんどが一戸建住宅に移り、また中年の夫婦は、時が経ち足腰が弱って階段の昇降ができなくなるとやはり出ていった。都心から遠い上に、建物も設計思想も古びてしまった団地に、いまさら入ろうとする者はめったにいない。空き家が目立つようになった一帯からは、商店も次々と引き上げていき、今、２ＤＫで一カ月の家賃が管理費込みで五万二千円のコンクリート住宅には、なんらかの事情で出ていきそこねた家族だけが残っている。

「おうち帰るの」

息子の匠が言う。広江が首を振った。

「だからね、ここが新しいおうちなんだよ、タクちゃんの」

「違うよ、おうち」

六畳の和室の真新しい畳の上に、何も敷かずに広江と匠は座っている。これからもカーペットなど敷くつもりはないだろう。足の裏が凍るように冷たいダイニングのPタイルの床にも。

ベランダから首都高を見下ろす以前の住まいでは、絨毯を敷きつめていた。ゆとりとか、くつろぎといったものを、足裏の柔らかな感触に求めていた。窓からはオフィスビルや商店街の灯が見えた。

二十年ローンを組んで買った3LDKのマンションだった。匠の全身の皮膚が乾き、ぼろぼろと皮がむけ、痒さに夜も眠れなくなったのが、その絨毯のせいばかりとはいえない。しかし少し前から気管支喘息が始まったときには、さすがに高速道路を見下ろす部屋が、決して子供を育てるのには向いていないということを夫婦ともに知った。

それでも始めはリフォームや空気清浄機で乗り切るつもりでいた。しかし息子の看病のために頻繁に休暇を取らなければならなくなった広江が、業績悪化を理由に真っ先に退職を求められたとき、夫婦はマンションを処分し、郊外の低家賃の賃貸住宅に引っ越す決意をしたのだった。

四千二百万で買ったマンションは、その半額で手放すことになり、ローンだけが残った。損は承知の上だが、商社の総合職にあった広江の収入がいきなりなくなったのだから、そのまま持ち続けるのは不可能だった。

引っ越してきてから二週間あまり、新しい住まいについて、さほどの関心も持たないままに和則は過ごした。早朝、まだ薄暗いうちに家を出て、残業や接待を終えて帰宅すると、十二時を回っている。子供の寝顔を見て風呂に入った後は、何か物言いたげな妻から逃げるように六畳の和室に敷かれた布団に潜り込む。

バス、私鉄、モノレールを乗り継いでの片道二時間半の通勤では、家でくつろぐ時間などほとんどない。休日は遅く起きて、まだ段ボールに入ったままの自分の本を黙々と片付けるという生活だ。

朝六時のバスの中だけが、唯一、自分がこの団地の住人であることを意識させられる場所だった。

団地前から私鉄の駅に出るバスの中で、「おたくは、新宿方面ですか」といきなり話しかけられたのはここに来た翌日のことだ。和則はとまどった。

以前に住んでいたマンションでは、互いにエレベーターの中で会ってさえ、会釈をする程度で、たいていは相手がそこにいないかのように、わずかばかりの気まずさを感じながら視線をそらせているのが常だったからだ。しかし見回せば、自分と同年代の男たちが、挨拶しあうだけでなく、親しげにことばを交わしている。

「天王洲まで通ってまして」と和則は答えた。

話しかけてきた男は、和則が前日に引っ越してきたことを知っていた。

「いや、うちの団地に人が入るなんてひさしぶりのことなので」

男は丸い顔に笑みを浮かべた。団地から駅に出るバスがいちばん混雑するのは、実はこの時間帯で、つい十年くらい前までは、バスはいつも満員だったという。

「それが今では、座れることさえあるんですよ。知り合いが次々と引っ越していってしまいまして。まあ、いい人ばかりが残っているからいいんですがね」と男は格別、悲観する様子でもなく、窓の外の小学校に目をやった。この年の春、児童数減少のために廃校となったところだった。

バスの中での短いやりとりを通して、ここには以前のマンションにはなかった、男たちのコミュニティが存在することを知らされた。とはいえ、都心から遠く離れた団地のことで、彼らもたいていは遠距離通勤をしていて、家で過ごす時間はほとんどない。

「この前なんか、自分の家を忘れちゃってね、隣の棟の同じ階の家に帰っちゃったよ」

赤ら顔の小柄な男が、和則たちの話に加わった。彼は錦糸町にある保険会社の営業担当者だという。別の男が言う。

「いくら遠いとは言っても、家に帰って、息子の寝顔見ると、辛いことはみんな忘れちゃうんだよ」

「かあちゃんのついでくれるビールを楽しみにさ、無理してでも帰ってくるんだ」

臆面もなく妻や家族への思いを口にする彼らに、それまで家など義務で帰る所と割り切っていた和則は、多少の違和感を覚えてもいた。


北側にある納戸のような六畳間に、段ボール箱が山積みにされたままになっているのに気づいたのは、都心のホテルや商店街にクリスマスツリーが置かれ始めた十一月下旬のことだった。ニュータウンの団地には、そんな気の早いクリスマスの気配も、歳末商戦の騒々しくもにぎにぎしい祝祭的な気分もない。バス停の前にコンビニエンスストアが一軒あるきり、商店街自体が消滅し、かつて八百屋や美容院やラーメン屋のあった通りには、土埃を被ったシャッターが並んでいるだけだ。

「おい、これ、いつまでこうしているんだ」と和則は段ボール箱の一つを片手で叩いた。

「そのうち、しまうわよ」と妻は、爪を切りながら、気怠げに答える。

「食器、調理器具」とラベルには書いてある。家族三人分の食器を出せば、当面、日常生活に支障はなく、来客用の皿やカップはそのままになっているらしい。調理器具にしても小さめの片手鍋やフライ返しなど、頻繁に使うものをいくつか出しておけば間に合うので、その他のものは梱包を解かないでも生活できる。それにしても、部屋の中に段ボール箱が積み重ねられているのでは、落ち着かない。ひょっとすると、妻はここが嫌で、再び引っ越すことを考えているのではなかろうか。

そんなことを思い、尋(たず)ねてみると、広江は首を振って吐き捨てるように言った。

「そりゃ、こんなとこに住みたくないわ。でも、じゃあ、どこに住むの?」

辛うじてリストラを免れた和則は、少なくなった人員をカバーするように残業に追われている。しかし手当てはつかない。年収は六百万を割り込み、その中からすでに手放したマンションのローンを払わなければならない。

和則の実家に入るのが彼にとっては一番のぞましいが、そんなことは広江が承知しない。広江の両親からは結婚当初から、自分たちと同居するようにとすすめられているが、それは和則が同意できない。

「確かに前のところに比べて不便だし、寂れているからな」と和則はため息をついた。

「しかし空気はいいし、匠は発作、起こしてないだろう」

わが子の体調については、ほとんど家にいないので、実のところはわからない。

唇を嚙(か)んで広江はうなずいた。

「少し落ち着いたら、君もパートくらい出たら」

「どこにパートの仕事なんかあるの」

低い声が返ってきた。

それが命に関わるものではないにせよ、慢性的な子供の病気で妻は消耗し、キャリアも収入もそれらにともなうプライドも失っていた。それだけではない。退職することによって人間関係も失った。

「友達、作ったら」

「都心に出るまで二時間コースなのよ。匠を抱えてどうやって行くの。友達と会って、お茶飲んで、一日かかるわよ。その間、だれが匠を見てるのよ」

「だから新しい友達を作ったらどうか、と僕は言ってるんだよ、ここで」

「ここで？」

広江は険しい視線を和則に向けた。

「それって、ここの主婦たちと友達になれって意味？」

「そりゃ、君の友達みたいに有能じゃないかもしれないけど、いい人たちじゃないか。ダンナ連中とバスの中で話をしたりするけど。それに同じ母親同士、匠の病気のことも相談できるだろうし、わかってもらえるんじゃないか」

和則は広江の友達の顔を思い浮かべていた。

翻訳本の出版業務に携わっている編集者、ソフトウェア会社のシステム・マネージャー、テレビ局のチーフディレクター、そうした「親友」や、その他たくさんの「友達」。その友達のだれも、匠や匠を抱えて苦労する広江に手を差し伸べてはくれなかった。広江は母親に匠を預け、そのときだけ独身に戻って、嬉々として彼女たちに会っていた。それが彼女たちとのつき合い方だった。

そして仕事を辞め、都心から離れて、安い賃貸住宅に移る広江の引っ越しには、日曜日だというのに、「親友」の誰一人、手伝いには来なかった。

それならこの団地に溶け込み、もっとましな人間関係をここで新たに作った方が生産的ではないかと、和則には思える。

「あの人たちが、どんな生活をして、どんな考え方をしてるか、あなたわかってるの？」

「だから一般庶民の、普通の主婦の感覚だろう」

広江は冷ややかな笑いを浮かべた。

「暇なのよ、単純に」

グループに入れなかったのか、あるいは仲間外れにされたのだ、と和則は察した。

広江は、ここに来た翌日、タオルを持って、まず向かいの家に挨拶に行った。次に、四階、三階と下りた。共通の階段を使っている向かい合わせの二軒、合計九軒に挨拶まわりをするつもりで、タオルは九本買った。

しかし人が住んでいたのは、和則の世帯を含めて五軒しかなかった。共通階段の家の半分は、空き家になっていたのである。

それでは、とベランダを接した隣の家を含め、数世帯を回った。

このとき、訪ねていった一軒で、広江は昼食会に誘われたのだと言う。

「そういうときには、行けよ。せっかく誘ってくれたんだから」

たしなめるように和則が言うと、「だから行ったわよ」と叩きつけるような言葉が返ってきた。

「来たばっかりで断るわけにもいかないじゃない。イジメの標的にでもされたらいやだし」

気がすすまないまま、匠を連れて行ったのだと、広江は一部始終を語り始めた。

会場となった家は、別の棟にあった。広江の家と同じ間取りの2DKに、幼児、乳児を連れた主婦がひしめいていた。築三十五年の室内には、ペットボトルやティッシュの小箱を使った手芸品の類が大量に、無造作に、置かれていた。

ここでの主役は、新入りの広江になった。皮膚炎で頬に引っ掻き傷やひび割れを作った匠に主婦たちは同情し、広江にさまざまな民間療法を教え、子供の病気のために仕事を辞め、郊外の団地に引っ越してきた広江を励ました。

「今は、悔しいとか残念とか思うかもしれないけど、それってきっと後でよかったって思うわよ。だって、子供は、ああ僕のためにお母さんはこんなことまでしてくれたって、感謝するじゃない。それって、お金なんかに代えられないと思うわ」

思いやり溢(あふ)れる言葉に、広江は違和感と軽い嫌悪を感じていた。その口調に、それなりの社会的地位と収入のあった女が、自分たちと同じところまで落ちてきたことへの喜ばしさと歓迎の意図がこめられているような気がしたからだ。

昼食会に呼ばれたものの、食卓には何も載っていない。これからどこかの店にでも行くのだろうと、広江は考えていた。

するとこの家の主婦が鉄板を取り出した。テーブルの上にカセットコンロを持ち出す。数人の女がそれぞれタッパーを出して、蓋(ふた)を開けた。煮物や漬物が入っている。

昼食会は持ち寄りで行なわれるらしい。

「あら、私、何も持ってこなくて……」

広江がうろたえると、「いいのよ、残り物があれば持ってくるってだけのことだから」と隣にいた幼児連れの女が答えた。

この家の主婦が鉄板に油を引いた。もやしとキャベツと豚コマ肉を別の女が放りこむ。油臭い煙が立った。もう一人が焼きそばを五玉、袋を破って入れソースを混ぜる。鉄板の大きさからして、このくらいが限度のようだ。まもなくできあがった焼きそばが皿に半分ほど盛られて、広江のところに回って来た。

「第二弾、行くわよ」とだれかが言って、からになった鉄板に再び油が引かれる。

「あそこ、飛び降り自殺があったんですって」

タッパーの中のおかずを広江の皿に移しながら、女の一人が窓から見える丘陵地の中央にある高層団地を指差した。そこが同じ町の中でもかつての住宅・都市整備公団が建設した家賃の高い住宅であることを広江は知った。

「あっちは勤めてる人、多いのよ」

女の一人が言った言葉の意味が、すぐにはわからなかった。話の流れの中で、勤めている主婦のことだと理解した。

「子供、ほっぽりっぱなしだから、あのあたりのコンビニ、万引きが多いし、今度、飛び降りた子も、お母さん、出版社だって」

「あっちは、ゴミの量が違うらしいわ。いろんなものを買ってすぐ捨ててるじゃない。生活もすごく派手で、みんなブランド物とか着てバス停に立ってるからすぐにわかるって」

広江は啞然（あぜん）として、主婦たちの顔を眺めた。六十代、七十代の老母の集まりではない。二十代後半から、せいぜい三十代くらいの女たちだ。しかし会話の内容といい発想といい、どう見ても「おばさん」だ。

彼女たちのジーンズにトレーナー姿にしても、広江は近所のホームパーティーのための意図的なドレスダウンだと思っていたが、そうではなさそうだ。

「お金がないとか、ダンナの給料だけでは暮らしていけないとかいうけど、絶対、うそよね。無駄使いしてるだけだもの」

「そうそう」と女の一人が自分の食べていた焼きそばを指差した。

「きょうだって、一人前、百円くらいしかかかってないもんね。外で食べると五百円とか、かかるじゃない」

五百円では何も食べられない、と危うく口をすべらせそうになった。自分には想像もつかない世界がある。それも国内の、東京都内の、丘陵地に開かれたごく普通の団地の中に。

「通勤するのに車なんか買って、洋服買って、子供をあずけるにもお金かかって、結局働いた分が全部出ていっちゃうし」

「心が貧しくなるだけよね」

お茶を入れながら、別の女が言った。

「子供は悪くなるし」

焼きそばをすすりながら、一同はうなずいた。

「保育園なんかなくたって、みんなであずけ合っていれば、お金かからないのに」

「前に、うちのお向かいにいた、吉田さん」

「ああ、あのスーパー・クロベでレジを打ってた……」

「そう。お金貯めて、一軒家、買ったじゃない。今、あそこ売りに出てるって。ご主人の会社が潰れたらしいわ」

「国分寺に新築マンションを買って出ていった、藤本さんち、上のお姉ちゃんが首っ吊りよ。ちょっと見には、仲の良さそうな家だったけどね、心の中じゃ、きっとみんなばらばらだったのよ」

女たちは小さく眉をひそめてうなずき合う。

「だからここにいればいいのよ、無理しないで。みんな仲良しなんだし」

中座するきっかけがつかめないまま、話は一斉清掃日のことに移っていった。

この団地では、月のうち第二日曜日を、階段や建物回りの清掃日と決めている。七年前までは、そうした公共スペースの清掃は管理会社に委託していたが、自分たちで行なえば月千五百円の清掃費が浮くことがわかったため、住民の手で行なうことにしたという。清掃は午前中にほぼ終わるので、午後の親睦会は何をしようか、というのが、ここでの話題だった。

今ではだれもが出席する一斉清掃だが、始めた当初は、やはり委託賛成派の主婦が仕事を理由に欠席するケースもあったらしい。

「斉藤さん、ファミレスでウェイトレスやってたから。日曜日は休めないとか言って、出てこなかったわよね」

主婦の一人が言った。

「ウェイトレスできるのは、二十代まで。あの人は洗い場よ、洗い場」

「引っ越してったけど、どうなったのかしら」

女たちは目くばせしあい、その一人がささやくように広江に言った。

「できちゃったのよ、コックさんと。それで恥ずかしくてここにいられなくなって」

「だから、そんなに茶わん洗いたければ、家で洗ってればいいのよ」

別の女が言った。

「でも嫌よね、どこのだれだか知らない人とそんな関係になるのって」

どこのだれかわかっていれば、いいのか？　と突っ込みを入れたいところだが、つまらない冗談を口にするのはやめた。

その一方で、不思議なことにこの団地内の別のグループの主婦の悪口が、彼女たちからは決して出てこない。彼女たちの罵り(ののし)の対象は、広く、新しく、家賃の高い隣の公団住宅に住む有職主婦と、金を貯めてここを出ていった人々に限られている。

こうした主婦たちの会話で、もっとも激しい憎悪を向けられるのは、より身近な人々のはずだが、それはまったく聞かれない。この団地に今住んでいる住民への批判はタブーとされているようで、隣近所の悪口は一切なく、主婦同士の派閥争いの気配もない。

食後のお茶が配られるタイミングを見計らって、広江は腰を上げた。そのとき窓際に座っていた主婦が、広江に声をかけた。

「それじゃ、明日はうちだから。三号棟の302号室」

「え……」と広江は、主婦たちを見回した。

「お昼ご飯だけど、みんな十時過ぎには集まってるから、よかったら来てね」

ふっくらとしたあどけなさを残す顔立ちをした別の主婦が、笑いかけてきた。

鉄板の上に残った焼きそばを、数人の主婦が自分のタッパーに詰め始める。子供のおやつにでもするつもりらしい。

「あの、毎日、集まっているんですか」

遠慮がちに広江は尋ねた。

「え、だって」

主婦は不思議そうな顔をした。

「べつべつに食べることないじゃない。不経済だし」

「明日は主人の母のところに行かなくてはいけないから」

広江は慌てて言った。「ちょっと忙しくて」という言い訳は彼女たちを刺激するだろうととっさに判断し、避けたのだ。

「まあ、お姑さんがいるの？」

女たちは一斉に声を上げた。同情の視線が集まる。

「ええ、体が悪いから、私が通って、お昼作ってあげないといけないんですよ」

「ボクをあずかってあげようか」

そのとき女の一人が言った。

「そうよ、そうよ。どうせ私たち、夕方まで一緒にいるから」

夕方までと聞いても、もはや驚きは感じなかった。朝の十時過ぎに、どこかの家に集まり、夕方まで一緒にいる。その間、彼女たちは、この狭い部屋にひしめき、噂話をして時を過ごす。分刻みのスケジュールで仕事をこなす生活に慣れていた広江は、その無為な生活を想像するだけで、めまいがしそうになる。病気の子供を抱えた自分が、敗北してここに流れついてきたという事実が、さらに彼女を打ちのめす。

「ここで友達をみつけるなんて、とんでもないわ」

小さく舌打ちして、広江は和則を見上げた。

「人間の品性はね、つき合う友人によって決まるのよ」

和則は、妻の話をどこまで信用していいのかわからないまま、積み上げられた段ボール箱を眺めていた。

夫と子供を送り出した後、妻たちが仲間と喫茶店でお茶を飲み、レストランで昼食を取り、夕刻間近になって別れるという話はよく聞く。似たようなことがここの団地で行なわれていても不思議はない。ただそこにある経済格差が、外食か、仲間の家かという違いを生むだけだ。むしろ広江の、仕事から離れた焦りや高いプライドが、専業主婦、それも低所得世帯の主婦への軽蔑(けいべつ)や嫌悪となって表れているように思えてならない。

翌週の日曜日、和則は休日にしてはめずらしく早起きした。一斉清掃の日だった。元は商店街であった広場に集まった人々は、二、三百人いる。

中には子供たちを引き連れて、一家で参加しているところもある。子供三人に夫婦という五人が２ＤＫに暮らしているということが、和則には不思議に思えたが、この団地では普通らしい。

清掃に参加したのは、遠藤家では和則だけだった。広江は、匠の皮膚炎がひどくなって手が離せないとの理由をつけて、出てこなかった。

竹ぼうきで団地回りの道路をはきながら、そんな事情を説明すると、住民たちは口々に同情の言葉を口にし、掃除はともかく、午後の親睦会にだけでも顔を出すようにと、熱心に勧める。

「病気の子を抱えて一人で悩んでいてもしかたない。子供の面倒はみんなで見るから、たまには奥さんも、憂鬱(ゆううつ)なことは飲んで忘れて騒いだ方が気も晴れるさ」

隣の棟に住んでいる、ドラッグストアチェーンの店長は言った。

本当のところ、妻が出て来ないのは、匠のアトピーのせいなどではなかった。

昨日、妻は引っ越してきて以来、初めて都心に出た。ソフトウェア会社に勤めている友人に電話をかけ、匠を抱えて外出もままならないので遊びに来ないか、と声をかけたところ「そんな田舎(いなか)まで出ていく暇はない」とにべもなく断られ、話の流れでなんとなく以前によく昼食会を開いていた六本木にあるレストランに、他の友人たちも集まることになったのだ。

しかし板橋(いたばし)にある広江の実家を回って匠を預けていくのは時間がかかりすぎる。遠慮がちに「息子、連れて行っていい?」と尋ねると、「いいよ、別に」という答えが返ってきた。

久しぶりにマニキュアをした手で匠の手を引いて、ビルの最上階にあるオリエント風のレストランに入ったとき、広江は友人たちの顔に小さな困惑の表情が走るのを見た。

案内係が「当店では小さなお子さんの入店はお断りいたしております」と慇懃な口調で言った。テレビ局でチーフディレクターをしている友達が交渉してくれて、とりあえず席についたものの、会話が弾まないまま食事は進んだ。デザートが出されたとたんに、一人が「ごめん、ちょっと仕事が残ってて」と土曜日だというのにオフィスに向かい、もう一人も「実は、この後、急な打ち合わせが入っちゃって」と中座した。そそくさとデザートを済ませて店を出た後、お茶でもと誘うと、残った二人も用事があると言って、一人はタクシーに乗り込み、もう一人は広江たち親子を振り切るようにして、地下鉄の入り口に消えていった。

乗り物酔いで気分を悪くした匠を連れて戻ってきた広江は、料理を作る気力も萎えたらしく、その夜はデパートの惣菜を皿に盛り付けただけの夕食になった。そして深夜、布団に入ってからこの日のできごとを夫にため息とともに語り、今朝は起きてこなかった。

清掃が終わった後、和則は嫌がる妻を「俺の立場も考えろ」と半ばおどしつけながら、集会所に連れてきた。

棟の中央にある鉄筋コンクリートの集会所には、広い和室があり、長テーブルの上に、女性たちの作った惣菜やスナック菓子、ビールなどが並べられていた。

硬い表情で入ってきた広江を女たちは、とり囲んだ。

「まあ、毎日、お姑さんのところに行ってるの。たいへんね」

「タクちゃん、元気だった？　こっちにおいで」

口々に言葉をかけながら、母子を自分たちのテーブルに連れていく。

やがてカラオケセットが運び込まれた。ビールはいつの間にか、清酒やウイスキーに替わり、まだ日も高いのに宴会は最高潮に達している。エアコンは暖かい空気を吐き出し、カーテンを開け放った窓からは、冬の陽が差し込む。

和則は、伸びを一つすると手洗いに立った。広江は子連れの主婦たちに囲まれて座っている。匠はどこかの主婦の膝に抱かれて、安らかな寝息を立てていた。

用を足して、廊下に出たときだった。女が一人、立っていた。まるで和則が出てくるのを待っていたかのように、上目使いにこちらを見ている。少しばかり酔いが回ったらしく、頬には淡く紅が差し、いくぶん斜視気味の目が、誘いかけるようにきらりと光って伏せられた。

引っ越してきた日に階段ですれ違った女だ。

女は無言で、和則の方に視線を送りながら、集会所の外に出る。ふらふらと和則は後をついていった。酒と暖房で暖められた体に、吹き付ける木枯らしが心地良かった。

女はときおりこちらを振り返りながら、早足で歩いていく。そしてある棟の一階のドアの前で立ち止まり、鍵を取り出した。表札はない。ついてくるようにと、女が、はっとして和則はドアに目を凝らす。表札はない。ついてくるようにと、女が、視線で語りかけた。

ドアを開けると中は暗かった。女は灯りもつけずに上がる。和則も遠慮がちにその後について上がり息を呑んだ。

箪笥もテーブルも、机も、本棚も、何もない。カーテンさえない。和則の家と同じ間取りだが、左右が逆になっている。北側の和室に石油ストーブがぽつりと置いてある。

女は手に息を吹きかけ、石油ストーブに点火した。淡いオレンジ色の光が日当たりの悪い部屋を淡く照らし出す。

「ここは、お宅……」

うろたえながら和則は尋ねた。

「ここのうちの奥さんと仲良しだったから、合鍵を作ったんだけど、引っ越していってしまって」

つまりその家が公社に鍵を返した後も、空き家になったこの部屋に彼女は自由に出入りしているというわけだ。明らかに犯罪だが、それ以前に、仲良しとはいえ他人に合鍵まで作らせるという神経はどういうものなのだろうか。

女は押入れを開けた。下段に布団と座布団が入っている。百合(ゆり)の花を散らした敷き布団に目をやり、和則は唾(つば)を呑み込んだ。

女は座布団を出した。

「ガス、止められてるから、お茶も入れられないの」

「別に、いいよ」

座布団に腰を下ろすでもなく和則は言った。

廊下で視線が合ったときから、ここに来た目的は一つしかなかった。口説く必要はなく、世間話をするほどの関係でもない。

和則は背後から女の体に手を回した。息が弾んでいた。

女はされるままになっている。

言葉を交わすことも、唇を触れ合わせることもなかった。胸をまさぐるでもなく、トレーナーを脱がせるわけでもなく、片手で無造作に女のジーンズのジッパーを下ろしていた。

この女の亭主はだれなのだろう、と思った。バスの中で会う保険屋か、それとも今日、一緒に掃除をした薬屋の店長か？　数人の男の顔が脳裏をかすめる。

彼らの顔は、罪悪感をもたらす代わりに、欲望を喚起させた。

女の丸い尻(しり)は意外に冷たく、寒さに鳥肌立っていた。

いきなり体に差し入れた彼の指を柔らかな襞(ひだ)が貪欲(どんよく)に呑み込んでいく。

和則は身震いした。

沼だった。底知れない沼が広がっている。この女の体の奥にではない。この老朽化した団地の、鉄の扉の奥に、底無し沼が広がっているような気がした。

小さな座布団の上に女の体を組み敷いたそのとき、女は意外なほど冷静な調子で尋ねた。

「お布団、敷く？」

「いや」

和則は短く答えて、体を沈ませた。とりあえず、このままでよかった。「とりあえず」事を済ます以外に何も考えられなかった。

ずり上げたトレーナーから見える乳房は、仰向(あおむ)けにすると左右に流れてほとんど厚みはなかったが、だぶついたジーンズの下に隠されていた太股の量感は予想以上だった。

結婚以来、妻以外の女と何もなかったというわけではない。社内の女性と関係を持った時期もあれば、行きつけの店の女の子と親しくなったこともある。

しかしここまで簡便な関係は初めてだった。女はほっそりした上半身に不釣り合いな逞(たくま)しい太股と厚みのある尻をしていた。その下半身が和則を呑み込み、締め付けている。女の欲望の深さに呑み込まれていくような軽い恐怖を覚えながら、和則はその尻の下に座布団を押し込み、さらに深く交わろうとしていた。

その体内に射精した後、和則はもう一度、この女の亭主の顔をあれこれ思い浮かべた。あの集会所の和室にいた男のうちのだれかであることは間違いない。

事が終わって分別が戻ってきた頭に、自分が場合によってはかなり危険な立場に立たされるかもしれない、という思いが浮かんだ。

この女の亭主と顔見知りではありませんように、と念じた。同じ団地に住んでいながら、二度とこの女と顔を合わせないで済ませられないものか、と考えをめぐらせてみたりもした。

女に背を向けたまま身繕(みづくろ)いしかけた和則の足に、不意に女の手が絡(から)み付いた。振り向くと、上目使いの、いくぶん斜視がかった目が、和則を見詰めている。

そのときになって、自分が行為の最中、女の顔などほとんど見ていなかったことに気づいた。彼女の顔は、初めて階段で会ったときから、顔ではなく、性器の延長だった。

和則はいったん手にしたズボンを傍らに置き、再び腰を下ろすと、女の膝に手を当てて、ゆっくりその足を開かせた。ストーブの灯に、粘液を吐き出しながら彼を誘い込もうと待ち構えている深い沼が見える。しばらくの間それを凝視した後、和則は今まで妻にも他の女にも試みたことのない角度で交わった。

ガラス窓いっぱいに水滴のついた部屋を一人で後にしたのは、それから十数分後のことだった。

「それじゃ」というのが、別れ際に女に向かってかけた唯一の言葉だった。当然のことながら、名前も素性も尋ねなかったし、最後までほとんど言葉を交わすこともなかった。

格別の後悔はなかった。何か不可解ではあったが、一回得した、というのが、正直なところだった。

無意識に身を屈(かが)めて、集会所の脇を通り過ぎると、和室にはまだ灯りがついている。中からカラオケの音が聞こえてくる。妻はもう帰っているだろうか、とブラインドの下ろされた窓から室内を窺(うかが)ったが見えない。

団地の階段は静まり返っていた。空き家になっている一階と二階はもちろん、その上の家も、中に人のいる気配はない。

自宅のドアを開け、暗い玄関に足を踏み入れた瞬間、自分が先ほどの空き家に再び戻ってきたような奇妙に高ぶった気分に見舞われた。

手探りで灯りをつける。ひび割れた壁が正面にあり、その向こうにダイニングキッチンの冷えきったPタイルの床が見える。

広江が一人きりで戻ってきたのは、それから一時間ほどしてからだった。

「ちょっと男連中と酔い冷まししててさ」

何も問われぬ前に、和則は自分が集会所からいなくなった言い訳をしていた。

気の無い返事をしながら、広江は夫に一瞥もくれることなくキッチンへ行き、やかんを火にかける。

無意味な話をしながら、妻の背をうかがう。女と会ってきた夜、彼はいつも幾分かの後ろめたさを覚え、びくつきながらこうして妻の機嫌を背後からさぐっていた。

と、いきなり広江はくるりと振り返って尋ねた。

「紅茶、飲む？　ひさびさに飲みすぎちゃって」

上機嫌だ。引きずるようにして、この部屋から連れ出したのが嘘のようだ。

「ところで匠は、どうしたんだ？」

「お泊まりよ。海老塚さんちに」

海老塚という名字を初めて聞いた。いや、この団地の人間の姓が、妻の口から出たこと自体が初めてだ。それまでは六号棟の人とか、３０２（サンマルニ）の奥さんといった呼び方しかしていなかったからだ。今日の親睦会で少しはこのコミュニティに溶け込めたらしい。しかしいきなり二歳半の子供を預けてくるというのは、行きすぎだ。

「おい、電話番号」

和則は言った。

「知らない。なんで電話なの？」

広江の口調が少しおかしい。したたかに酔っているようだ。

「一遊びしたら、引き取りにいかなきゃならないだろう。いくらなんでも」

「大丈夫よ」

「何を言ってるんだ。非常識な」

ほんの一時間前、自分がこの団地の非常識な人妻と非常識な行為に及んだことを忘れたかのように、和則は妻を叱責していた。

「わかってるだろ。夜中にアトピーが悪化でもしてみろ、先方だって困るだろう」

「あそこの子はもっとひどいアトピーなのよ。タクだって、お姉ちゃんやお兄ちゃんがいて喜んでいたから」

「それで電話番号は、どこだ」

酔っている妻はともかくとして、自分からとりあえず電話を一本入れて挨拶しておかなければならない。

「知らないわよ」

妻は、のんきな口調で言って、風呂場に行く。

「知らないって、そんな何も知らない家に匠をあずけたのか」

「電話番号を知らないだけよ。二号棟の三階の家だもの」

ガスの火をつけて追い焚きする音がする。前に住んでいたマンションと違い、ここはボタン一つで風呂が温まるわけではない。いちいちガス栓を捻って点火するのだ。一定の温度になると自然に火がとまることもないから、放っておくと沸騰してしまう。便利な生活に慣れた妻は、ここの古い設備をひどく嫌って、いつも点火しながら文句を言っていたものだが、この日は何も言わない。かすかに鼻歌が聞こえる。

ふっきれたのだ、と和則は、妻の残していったアルコールの匂いに思った。長年つき合った友人たちに見捨てられ、それまでの生活への執着を捨てた広江は、この団地の人々から暖かく迎えられ、ここの人間関係とライフスタイルを受け入れた。

和則は、電話の脇にある住所録を見る。そこに海老塚という姓はない。団地の名簿もない。風呂場の方をうかがってから、そっと電話帳の上にある妻の手帳に手を伸ばした。えんじ色の革のビジネス手帳をこのように無造作に投げ出しておくことを妻は以前にはしなかった。

ページをめくると、分刻みの予定が書き込まれている。打ち合わせ、会議、出張という仕事の予定に加え、「匠　病院」「非アトピー食材、受け取り」などという文字が見える。匠の病気に関する用件が次第に増え、「三時早退、病院」「午前半休」などという記述が目立ち始める。

そして三月の半ばを境に、予定表はいきなり白紙になった。送別会さえなく、広江は、十年勤めた会社を辞めたのだった。当然のことながら手帳の住所録に、海老塚の姓はない。

足音がする。慌てて手帳を元に戻した。

「あなた、お風呂、沸いたわよ。昼前に私が入ったから、すぐ温かくなったみたい」

上機嫌のまま妻が言う。

和則は言われたとおりに風呂場に行く。

洗い場のコンクリート壁は、黴で真っ黒になっている。掃除をして薬品をかけても、二、三日で元通りになってしまう。

浴槽の湯はかすかに水垢の匂いがする。何度か沸かし返しているせいだ。以前、広江は前日の湯を沸かし返すことなどしなかった。追い焚きさえ嫌がり、一回ごとに捨てたがったものだが、ここの団地では湯の出が少ないので浴槽がいっぱいになるまで時間がかかり、そんなことはしていられない。和則は湯垢の浮かぶ湯につかり、少し前の情事とさえ呼べない交接の跡を洗い流す。

その日を境に、広江の口から愚痴めいたものは消え、クリスマスの頃には、広江も匠もすっかりこの団地に溶け込んだように見えた。

残業を終えて戻ってくると、食卓に並ぶ夜食には、ポテトサラダや煮込みハンバーグといった、以前の広江なら作らなかったような料理が並んでいる。主婦たちとおかずを交換したのだと言う。広江は、最近では家の掃除を終えると、どこかの家に集まり、昼食を共にし、そのまま夕方まで一緒にいる。買物は、以前に商店街のあったあたりに、八百屋や魚屋、手作りパン屋まで、引き売りが来るので、主婦たちと誘い合わせてそこですませる。

あの親睦会のあった日を境に、広江は変わった。

和則も遠距離通勤に慣れ始めた。残業のない日は、同僚と一杯やって帰るといった余裕も出てきた。

ある日、出張先から和則は直帰した。バスを降りたとき、あたりはすでに暗かったが、時計を見ると六時前で、五階の我が家を見上げると、ベランダから灯りが漏れていた。

　ドアの前に立つと、中が騒がしい。鍵はかかっていなかった。玄関の半畳足らずのたたきには、靴がいっぱいに脱ぎ散らかされていた。女物のサンダルと子供の運動靴、そうしたものが下駄箱の上にまで置いてある。

　女と子供の声が騒々しく響き、甘酸っぱいような乳臭いような生々しい体臭が、あふれ玄関まで漂ってくる。

「あら、お帰りなさい」という声は、広江のものではなかった。どこか知らない家の主婦が「おじゃましてます」ではなく、「お帰りなさい」と挨拶してくる。

　持ち回りでいろいろな家に集まることになっていて、この日は和則のところが会場になっていたらしい。今までもこんなことはあったのだろうが、深夜に帰宅していたので、彼女たちと顔を合わせることはなかった。

　セーターやトレーナーにジーンズという服装の、二、三十代の女たちは、それぞれ顔立ちが違うのに、親類のように印象が似通っている。

「あら、ご主人にお茶、お茶」とヘアバンドをした女が言って、レンジの前に立った。

「海老塚さん、やかんこっち」と別の女が、そのヘアバンドの女に呼び掛ける。彼女がいつか匠を一晩あずかってくれた主婦だ。

「いつぞやはどうも」と和則が頭を下げかけると、「やめてくださいよ、そんなこと。ここではそれがあたりまえなんだから」と海老塚という女は笑った。

この家の主人が帰ってきたというのに、女たちは帰る気配もない。

子供の一人が、「パパ」と膝にはい上がってくる。

「おいおい、君のパパは別だろ」と和則は、膝の上の女児を愛想半ばで抱き上げる。

子供の母親もこの中にいるはずだが、「すみません」でもなければ、和則の手から子供を引き取るでもない。

そのとき「お疲れさまでした」と湯呑みを手渡した女がいる。

思わず後ずさった。あの女だった。

上目使いのいくぶん斜視気味の目。そばかすの浮かんだ透き通るように白い頰。ほっそりとした上半身……。

女は馴々(なれなれ)しく、和則の隣に身を寄せて座った。広江も他の女も、何も気づいている様子がない。心臓が狂ったように打った。いったいどういう神経をしているのだろう。

女は笑いながら、他の主婦との会話に加わっている。笑いながら隣にいる和則の背中を片手で叩く。あのときとは打って変わってよくしゃべる。酔っていたから、あの時の男だとは覚えていないのだろうかと疑ってみたが、意味ありげに視線を合わせてくるところからすると、そうでもなさそうだ。広江の方は、と見れば、何も気づかぬ様子でどこかの幼児を抱き上げている。

まもなく「それじゃ、どうも」と声がして、女が二人出ていった。子供が帰ってくる時間だという。十五分ほどして、さらに二、三人が帰っていく。これでお開き、ということはない。それぞれが自分の家庭の都合で出ていく。

気がつくと、広江と十歳くらいの女の子と幼児を連れた大柄な女、それにあの上目使いの女だけが残されている。女は匠を膝に乗せ、広江と親しげに話しながら、ちらちらと視線を和則に投げかけてよこす。こめかみのあたりが、ずきりと痛んだ。

「あなた、何を遠慮しているの、こっちでいっしょにお茶、飲めばいいのに」

北側にある和室に逃げ込み、パソコンの前に座った和則に広江が声をかける。

「いや、ちょっと……」

和則が口ごもっていると、足音が近づいてきた。あの女だった。心理的な不快感とは裏腹に、生理の部分が鋭く反応した。女はやや焦点の開いた視線を和則に向けたまま微笑していた。

「同じ北側の部屋なのに、ずいぶん感じが違う……。パソコンがあるだけなのに」

あのときの北側の部屋のことだ。開け放した襖の向こうでは広江や匠が親子連れの客と話をしている。女の無神経さに悪意をも感じ、和則は低い声で言った。

「すまないが、仕事を持ち帰ってるんだ。今日中に仕上げなければならない。出ていってくれ」

女はいっこうにこたえた様子もなく、「大変なんですね」と言いながら画面を覗き込み、「あさって九時頃、いますけど……」と言い残し、向こうの部屋に消えた。だからどうした、と吐き捨てるようにつぶやいてみたが、心はいっこうに画面に集中できなかった。

客たちが残らず引き上げたのは、それから三十分ほどしてからだった。夕食はその直後に出てきた。すべて用意ができていたようだった。いや、客たちの残り物と持ち寄りの品が並んでいるだけだ。

「いつもこうなのか」

和則は尋ねた。

「こうって？」

不思議そうに広江は和則の顔を見る。

「つまりどこの家でも、こんな調子なのか？」

「ええ。田中さんのところでも、菊地さんのところでも。菊地さんって、あの最後に帰っていった奥さん……」

「あの青白い顔のちょっと斜視の奥さんか？」

和則は咳き込むように尋ねた。

「あれは、四号棟の宮岡さんじゃないの」

彼女の名前は宮岡、だった。

「そうじゃなくて、あの子供が二人いる、ちょっと太り気味の大きい人が菊地さん。彼女のご主人が亡くなったのよ。この十月に。それでみんなで励ましているの」

菊地という主婦は、三十代半ばくらいに見えたが、その夫の死因は自殺だという。大手の運送会社に勤めていた菊地の夫は、この数年の大幅な人員削減のあおりを受け、負担を一手に抱え込んでいたらしい。残業は月に二百時間を越え、本来の仕事は経理事務だというのに、トラックにも乗り、荷物の積降ろし作業も行なった。そして丸三週間、休日なしに深夜まで仕事をした後、いきなり陸橋から貨物列車の前に飛び込んだ。

「子供がまだ小さいというのに」

和則はやりきれない思いで吐息をついた。

「リストラをまぬがれればまぬがれたで、きついわよ、どこの会社も。こんなご時世だもの」

この春、真っ先にリストラされた妻は、突き放したように言う。

それにしても夫の死から二カ月しか経っていないというのに、あの菊地という主婦の態度に翳りは見えず、平然としたものだった。

それを言うと妻は、「みんながついてるからよ」と屈託なく笑った。

「ところで彼女と帰っていったもう一人は？」

和則はさり気ない口調で、尋ねた。

「宮岡さん？　ご主人、カメラ屋さんよ、ほら安売り店の。土、日、休みがなくてたいへんみたい。毎晩、午前様だそうよ」

欲求不満というやつか、と和則は納得した。


時計は夜九時を回っている。背後の吊り革に摑まっている男の顔に見覚えがある。親睦会で会っているのだろう。会釈しかけたが、相手はどこか別の方向を見ている。なんとなく挨拶しそびれて、しばらくしてそちらに目をやると今度は、ふいっと視線をそらせる。

避けられている、と気づいた。なぜだろうと首を傾げ、あることに思い当たった。血の気が引いた。毎晩午前様、というのは、大げさで、たまにはこうして少し早い時間のバスで帰ってくるのではないか……。

動悸を抑えかねて、視野の端で男を捕らえる。その瞬間、和則はそのスーツの襟元に光っているものを見た。ある財閥系金属加工メーカーのバッジだった。カメラの安売り店の社員ではなかった。思い過ごしだ。額から汗が噴き出し、軽いめまいを感じた。

自宅に向かう途中にあの親睦会の日に入り込んだ一階の家があった。見るまいと思いながら、つい目が行った。灯りが淡くともっているような気がする。

逃げるように自宅のある二号棟に向かいかけたとき、いきなり窓が開いた。防犯用のアルミ格子の向こうに、青白い顔が覗いた。

「あら」と口の形が動き、うっすらと微笑した。

「どうも」とよそよそしく会釈し、通り過ぎる。「九時頃いますけど」というささやきが吐息とともに生々しくよみがえる。

自宅のある棟の階段を上りかけたそのとき、和則はふと違和感を覚えた。棟の前の芝生が明るい。

見上げて首を傾げた。空き家のはずの二階から灯りが漏れている。

まさか、あのときと同じようなことが、ここでも行なわれているのだろうか。この団地の空き家の鍵を持っている者はあちらこちらにいて、家具ひとつない部屋で、夫婦間のセックスと大差ない、即物的で無言の男女の営みを繰り広げているのか？

ばかげた妄想を振り切るように五階にかけあがった。呼び鈴を押す。だれも出てこない。ノブに手をかけると開いた。広江も匠もいない。ここに来てから鍵をかける習慣がなくなった、と少し前に妻が言っていた。住民の気心は知れているし、外部の者は、滅多に階段を上がってこない。そんなものではないだろう、と和則はたしなめたが、妻は「だってつい掛け忘れるようになっちゃって」と笑っていた。

時計を見た。自分の帰宅は、いつもより一時間ほど早い。どこに行ったのかと思いをめぐらせるまでもない。どこかの家に集まって話し込んでいるのだろう。

足の裏に触れるPタイルが、氷のように冷たい。

上目使いの斜視気味の目とそばかすの浮いた青白い頬が、脳裏によみがえった。魅力的ではないが、生々しく心を騒がせる、性器の延長のような顔。

そのまま和則は鍵をかけると、家を出た。階段を下りかけると下方でドアの開く音がした。小走りに階段を下りていく足音がする。底の硬い、男の革靴の音だ。

空き家になっているはずの部屋から、男が出ていく。自分と同じことをしている男が他にもいる。そのことが恥と罪悪感の入り交じった気持ちを軽くした。

棟から出て二、三歩行き、ふと振り返った。影のように二号棟が建っている。

悪いのはおまえだ、広江、と心の内で呼び掛けていた。おまえが、主婦連中とつるんで、夜遅くまで他人の家でしゃべっているからだ。

それに答えたかのようにそれまで暗かった五階の窓の灯りがついた。広江が帰ってきた。今、帰れば間に合う。しかし彼の足は、心と裏腹に、あの一階の部屋にまっすぐに向かっていた。

ふと広江はどこから帰ってきたのかと疑問がわいた。自分は今、階段を下りてきたところだ。今、帰ったのなら、階段で出くわすはずではないか。あの二階から下っていった男物の革靴の足音が、鼓膜の底によみがえる。まさかと打ち消した。四階の家にでも回覧板を届けに行って、そのまま話し込んでいたのだろう。

まもなくあの一階の部屋の窓が見えてきた。

その年は暮れ、団地は新世紀の正月を迎えた。

暮れの三十一日まで続いた残業に疲れ果てた和則は、元旦には妻の実家にはもちろん、自分の親の家にも顔を出さず、昼近くまで寝て過ごした。

冷蔵庫にあるもので広江は雑煮を作ったものの、食卓にお節料理らしきものは何も並んでいない。考えてみれば、結婚以来広江がそうしたものを作ったことはなかった。仕事納めの日、職場の仲間と納会をしたあと、閉店間際のデパートで買ってくるか、近所の惣菜屋に頼んでおいたものを配達してもらってすませていた。仕事を辞めた今年くらいは、とかすかに期待したが、そうした習慣は元々、広江にはなかったようだ。

テレビを見ながらまだ目覚めていない胃袋に雑煮を入れ、年賀状など眺めているうちに、出かける時刻になった。

広江は、めずらしく和服を着ている。和則も急かされて古びたトレーニングウェアからセーターとウールのズボンに着替えさせられる。

一家は団地の集会所に向かった。帰省しない家族が集まって、新年会が催されることになっている。向かいの棟から出てきた男があたりに響くような声で「おめでとうございます、今年も、ま、一つよろしく」と挨拶した。

錦糸町まで通っている保険会社の営業マンだ。ラメのドレスを着込んだ彼の妻も挨拶し、彼女の周りにまつわりついている子供四人の頭に手を当てて、和則たちに挨拶させる。小学生くらいの子が三人と、三つ四つの幼児が一人。思いの外、子沢山だったのだ、と感心したが、よく見ればその中の年嵩の一人をのぞいては、この家の主には似ていない。歳も近すぎる。

「ご近所のお子さん？」と和則は尋ねた。

「いえ、うちの子ですよ」と銀ラメドレスの妻は笑って、幼児の頭をなでた。

太り肉(じし)であぐら鼻のこの家の主。しかし細面(ほそおもて)の女の子の鼻筋はほっそりと通り、一重瞼(ひとえまぶた)の目元は妻には似ているが、父親に似ている部分はどこにもない。他の男の子二人も、どことなく線が細く、精力をもてあましたような、脂ぎった父親の雰囲気とは、だいぶ違う。再婚だろうか、と首をひねる。それなら下の子が父親に似ているはずだが、父と同じあぐら鼻は、いちばん年嵩の男の子一人だ。

「このごろ会いませんね、バスで」

和則は言った。

「実は」と男は苦笑した。

「リストラされましてね」

「えっ」と和則は妻と四人の子供を見た。家賃四万七千円は、十分安いがそれにしても、食っていけるのだろうか、と他人事(ひとごと)ながら気になる。

「幸い、ビル清掃と駐車場の管理人の仕事がすぐにみつかったんで」

男は笑いながら続けた。

「どこもそうみたいですよ。不況ですからしょうがないですよ。でもうちの団地の男の人たちは、どんな仕事でもするから」

男の妻が言う。

「何せ、女房、子供を抱えてるんだから、ごろごろしちゃいられない」

「普段からぜいたくな暮らしをしてるから、ダンナがリストラされたとたんに困るのよね。挙げ句に奥さんが働きに出たりして、家庭崩壊ってことになるのよ。男の人だって自分が頼りにされていると思うから、一生懸命に仕事を探すんだし」

妻は同意を求めるように、和則の顔を見た。

「はあ……」

女の言うことは正しいようでもあり、多少、世間の常識からずれているようでもあり、何かひっかかる。とはいえ、反論するほどのことでもない。広江も笑ってうなずいている。わりきれない気分のまま、和則は集会所に入る。

靴の脱ぎ散らかされた入り口から和室に入ると料理と酒の匂いが漂ってきた。広江が早足で上がり、配膳を手伝い始める。広江はお節料理を作らなかったわけではなかった。

団地の女たちは、暮れに総出で料理を作っていたのだ。長テーブルの上には、大皿や重箱が並び、そこには黒豆やきんとん、煮染め、昆布巻きといった妻たちの手作りのお節が盛り付けられている。

テーブルの前にはこの団地の人々が、子供も含めて百人以上ひしめいている。子供も妻も、あちらこちらの家族が入り乱れ、話に花が咲く。やがてごく自然に、男同士と女子供のグループに分かれ、男の間ではどこからともなくウイスキーのボトルが出てきて、町の居酒屋にいるのと同じ話題で盛り上がる。女たちの方からは、けたたましい笑い声が聞こえ、菓子を持った子供が走り回る。それにしても人数が多いこともあるが、だれがどこの家の子供かわからない。

午後の四時過ぎに、広い和室に女が二人入ってきた。

サーモンピンクのスーツ姿の中年の女が一人と、何かくすんだ印象の紺のニットの上下を着た小柄な女が一人。

集まった人々が、ふと話をやめて振り返り、彼女らを見つめたのは、この団地で見かけない顔だったからではない。

この場にそぐわない、ひどくフォーマルな雰囲気を漂わせていたからだ。

「あけましておめでとうございます。お楽しみのところおじゃましてもうしわけございません」

サーモンピンクのスーツの女が、よく通る声で挨拶した。

「ああ」

男の一人が言った。

和則もうなずいた。この地区では知らない者はいない。おそらく一番顔を売っている女だ。あちらこちらにポスターが貼られていた。都議会議員の山田正子だ。少し前、革新系無所属から立候補して初当選を果たした「人権派」弁護士だ。

大きな顔に押しつけがましい微笑を浮かべたポスターに和則は不快感を覚えたが、女たちの間では絶大な人気があるらしい。職場でも何度か彼女の名前を耳にした。

もう一人は秘書でもなさそうだ。若いのにひどく陰気臭く、険しい表情をしている。

山田正子は、男たちに挨拶をした後、南側の窓辺に集まった女子供の方にまっすぐに歩いていく。

「皆様、あけましておめでとうございます」

ざわめきを通して、山田のアルトが和室全体に響き渡った。

「菊地さん、どうも」

この前、夫が自殺したというあの二人の子持ち主婦に、山田は近づいていく。男たちは瞬時に話をやめて、そちらをうかがった。

山田議員の連れの小柄な女が紹介された。彼女は菊地の夫と同じ運送会社に勤めていた夫を二年前に亡くしていた。

菊地のところとは違い運転手だったが、月に一万二千キロを越す過重労働の果てに、クモ膜下出血で急死した。三十一歳になったばかりだった。

妻は労働基準監督署に労災申請をしたが認められず、その後の審査請求も棄却されたため訴訟を起こしたという。

山田議員は、菊地の夫の自殺も、その状況から考えれば労災とみなされるべきであり、共に認定を勝ち取るべく、協力したい、と申し出た。

菊地は、不審そうに議員の顔を見ていたが、やがてぼそりと言った。

「うちの人、自殺したんですよ。お正月早々、蒸し返さないでください」

「でもね、菊地さん、その前後の勤務状況からすれば、ご主人を死なせたのは、会社なんですよ」

「今更、会社をうらんでもしかたないですよ」

菊地は視線をそらせた。

「いえ、会社という言い方が悪いのかもしれません」と前置きし、山田議員は菊地の夫が、死の直前にどれほど苛酷(かこく)な労働状況に置かれていたかを説明した。

「どうやってそんな他人の事、調べたんですか」

菊地は不機嫌な表情で遮(さえぎ)った。

議員は慌てたように、菊地の夫の死は、決して他人事でもなければ個人的な問題でもなく、企業に勤める人々とその家族全体の問題なのだ、と説明する。経営立て直しを名目に、人減らしを行ない、長時間の苛酷な労働を強(し)いる日本の企業社会全体の問題だ、と訴えた。

「でも、仕事しなければクビになるんだし、どうすればいいっていうんですか？」

菊地は、山田議員のスーツについたバッジを一瞥し、わずらわしそうに言った。

議員は一瞬、ひるんだように口ごもった。

残された妻に夫の死が労災であることを認識させ、申請を出させ、遺族補償年金が支給されるようにすると同時に、過重労働が慣例化した企業の実態を社会に知らせ、労働環境の改善を求める。それが山田議員の意図だ。

しかし菊地は、労災補償法による遺族年金について具体的な金額を尋ねた他は、議員の言葉に心を動かされた様子はまったくない。

菊地の反応は議員が予想していなかったものだったのだろう。困惑とも怒りとも、気味悪さともつかない表情が、正義の微笑が仮面のように張りついた山田議員の顔の下から、ちらちらと覗く。

「ね、菊地さん、本当なら、男の人も、そんな長くて辛い労働から解放されて、家に戻った方がいいとは、思いませんか？　労働時間を短縮して、男性も女性もそれぞれが仕事を分け合って、そうして男性たちも家事、育児を分担していく方が、もっともっと人間らしい生活ができると思いませんか」

ワークシェアリングと男女共同参画……。非現実的な話さ、と和則は小さく笑った。他の男たちも、ばかばかしいと言わんばかりに肩をすくめ、自分たちの話題に戻った。

「放っといてよ」

そのとき菊地の声が、一際高く響いた。

「私たちは、このままで十分幸せなんだから。確かに主人は死んだけど、みんな助けてくれるし、何も困ってることなんかないんだから。男の人は外で働いてお金を持ってきてくれるし、私たちはそれでやりくりして生活してるのよ。あなたに主人のことをとやかく言われたり、外に出て働けと言われたりする筋合いはないわ」

ゴルフの話をしていた男たちは、「主人は死んだけれど、何も困らない」というところで、ぎょっとしたように言葉を止めた。しかしすぐに何も聞かなかったかのように、元の話題に戻った。

議員は、それでもしばらく何か説得しようと試みていたが、やがて、唇を引き結んで出ていった。

ふと部屋の端に視線をやった和則は、他の子供たちと遊んでいる息子に気づいた。

元気だ。病弱なせいか、大人しい、生気に乏しい子のような気がしていたが、ここに来てからきかん気といたずらっぽさの入り交じる、いかにも男の子らしい顔つきに変わってきた。

そのとき「煙草、悪いけど別の部屋で、いい？」という声が聞こえた。振り返るといつかバスの中で、和則の顔を見て視線を逸らせた男が、まだ火をつけていない煙草を箱にしまうところだ。

「ごめんね、妊婦がいるから」

女の一人が言った。

「お腹の子がどうとかじゃなくって、匂いが今、ダメなのよ。食べ物は平気なんだけど」

そう言って腹を撫でた女を見て、和則は息を呑んだ。菊地だ。

「忘れ形見なのか……」

つぶやくと、近くにいた主婦が、うっすらと微笑した。

「いつ頃、生まれるんですか？」

近付いていって尋ねた和則に、菊地は答えた。

「ええと、今、二カ月だから、秋ごろかしら」

「そう、大事にしないと」と言いかけ、首をひねった。菊地の夫が自殺したというのは、昨年の十月と聞いている。

死の間際に仕込んでいったのか、と思い、それにしても、妊娠の月は最終月経から数えるから、と和則は指を折って首を傾げた。それなら、もう三カ月になっていていいのではないか。

女たちの意味ありげな微笑がひっかかる。まさか亭主が自殺したその一カ月以内に、別の男と何かあったということなのか？　あるいはそれ以前からあったのか。そう思えば、この菊地という女の屈託のなさが納得できるが……。

さきほど煙草を吸うのを止められた男が、のそりと腰を上げ、和則のそばを素通りし、部屋を出ていく。

いよいよ紫煙が恋しくなって外で吸ってくるのだろう。ホタル族か、と和則は少し同情しながらその後ろ姿を目で追う。

そのとき妻の広江が素早く立ち上がった。そのまま小走りで部屋を出る。手洗いに立つにしては忙しない動作だ。はっとして和則も後を追う。

脳裏で、ジグソーパズルのピースがぴたりとはまった。

バスの中で、視線を逸らせた風采の上がらない男。まだ三十代くらいなのに、額の両脇が薄くなりかけた、量販店で売っているようなスーツを着て、金属加工メーカーのバッジを光らせていた男。

考え過ぎだ、と否定した。あの男に会った日、妻は家にはいなかった。自分が帰ってきて、数分後に再び家を出た後、妻は家に戻った。四階の家に回覧板でも持っていって話し込んだのか、たとえ万が一、二階の空き家から戻ったのであったにせよ、部屋から出てきた男は、彼ではない。

すでに自分にとって家族ではあっても女ではない妻、太ってはいないが腰のくびれなどとうになくなった体、緊張感のかけらもない日常の所作。

まさか、とつぶやきながら、集会所を出る。靴を履きかけて気づいた。たたきに投げ出された靴の数が減っている。みんな三々五々、帰っていった。どこに？ 自宅に？

建物から出ると凍るような空気が体を包む。すでに日は落ち、青白い玄関灯があたりを照らしている。和則は植込みの向こうに目を凝らす。小走りの広江の後ろ姿が見える。闇（やみ）に浮かび上がる銀糸の帯が陽気な調子でゆれている。その先を行く男が、ふと振り返り、広江を確認してまた足早に歩いていく。

あの銀糸の帯をあの男が解くのか？ 体中の血が泡立った。

妻を追って走り出そうとしたちょうどそのとき、不意に背後から腕を摑まれた。危うく声を上げそうになった。

宮岡だった。和則の腕に両手を絡ませ、強引にその場に留め置こうとするかのように立っていた。上目使いの目は、やめなさいよ、大人げない、とでも言いたげに冷めた表情で笑い、半開きの口から小さな歯並びの悪い前歯が見えた。

「どうなってるんだ」

吐息とともに、和則は尋ねた。

「ここの女たちは、どうなってるんだ」

「女だけじゃ、何もできないわ」

和則は、言葉に詰まった。確かに自分が何をしたのか考えてみれば、広江にどうこうは言えない。しかし……。

「みんな仲良し。みんな家族」

宮岡は、唇の両端を上げて、にっと笑った。

「仲良しって、こんなことが」

戸惑っている和則の手を引いて、宮岡は植込みの中に入る。いつか使った一階の部屋は、この植込みを横切れば、ごく近い。しかし玄関に着く前に、宮岡は両手をからみつかせてきた。思いの外量感のある太股が、立ったまま和則の足を挟みつける。

「よせよ」

いつもながらの不快感の入り交じった、痛みに似た欲望が噴き上がる。

「私たち、何でも話すの。一緒にご飯食べて、着る物も貸し借りするし。もちろんだれの子とか、どこの子とか、区別しないでかわいがってる。主人は外で稼いで、夜になるとここに来るの。それでご飯を食べたり、眠ったり、子供を作ったり。ここでは自分のとか、ひとのとか、そんなことは関係ないの。みんなで仲良く暮らしてるんだから」

宮岡は言った。

ふざけるな、という言葉を呑み込んだ。こんな女の戯言（たわごと）に本気で腹を立ててもしかたない。この女の夫、安売りカメラ屋の社員はともかくとして、自分は正常だ。夜になれば帰ってくるのであって、断じて「来る」のではない。

と、そのとき、先ほど菊地が言った、「男の人は外で働いてお金を持ってきて、私たちはそれでやりくりする」という言葉が、奇妙な説得力を伴って心によみがえった。

あれは一般論ではなく、もっと直截（ちょくせつ）的に彼女とこの団地の女の立場を表明しているのではないか。

この団地の「男の人」とこの団地の「私たち」、そしてこの団地の「外」。

団地が一つの経済単位となっている。口座振込される自分の給料は、団地という家計に呑み込まれ、この女たちによってやりくりされている。

そんなばかな、と首を振った。

「教えてくれ、女房の相手の男はだれだ」

和則は尋ねた。

「相手って、いつの？」

宮岡は不思議そうに尋ねた。

「いつって……」

驚いたように宮岡は、目を見開いた。

「もしかして、ダンナさん、まだ、私だけなの」

数秒してから、女の言わんとしていることが呑み込めた。ここでは男も女も、相手かまわず、という状態になっているのか？

「早く」

女は和則の腕にしがみつき、あの一階の部屋に向かって歩いていく。空き家になっている一階に、軒並みうっすらと灯りがともっている。

だれもが合鍵を作って、他人が引っ越した後の空き家を勝手に使っている。公社は何も知らない。いったいどんな管理をしているのだ、と舌打ちをしながら、心と裏腹に体は熱くほてっている。

「みんな一緒だから……」

宮岡は素早くドアを開け、中に身を滑り込ませる。

白い息を手のひらに吐きかけ、ストーブの火をつける。冷えた部屋が淡いオレンジ色の光に浮かび上がる。

「だれの夫とか、だれの子とか、そんなことで差別したりしないで、私たち仲良くしているの」

あの親睦会の夜、広江の身の上にも、自分と同じことが起きた。それが仕事や都会でのマンション暮らしや、その当時の人間関係に対する広江の未練を最終的に断ち切った。

それにしてもあの夜の自分のびくつきぶりに比べ、妻の方はなんとあっけらかんと陽気だったことだろうか……。

ここの主婦たちは、衣食住だけでなく夫まで共有している。

しかしこの団地の男たちのだれもそんな話はしていなかった。

確かにいい歳をした男同士の話題ではない。ましてや下半身がらみの話題で妻を登場させれば、笑い話にしかならない。一方人妻とのことはトラブルに直結するから、うかつに触れられない。うすうす勘づいてはいても、自分のやっていることを思えば何も言えない。頬(ほ)っかむりをきめこんでいるのだろうか。それとも、今ある安定した家庭生活とコミュニティの人間関係を壊して、新しくやり直すほどのエネルギーはもはや残っていないということなのか。

しかし中には正常な神経の持ち主もいる。

どうりで空き家が多いはずだ、と和則はストーブの火に照らし出された室内を見回す。

いや、一家を挙げて、ここから逃げて行けるならまだいい。自分の妻がそうした生活をしていたことに気づいた夫は……。

長時間の苛酷な勤務の果てに、貨物列車に飛び込んだという菊地の夫の心中を思った。断じて労災などではない。

自分も、宮岡という女の亭主も、あの自分に似ていない子供を持った元保険屋も、この団地内に「仲良し」共同体を作り上げた女たちにとっては、単なる男、餌を運んでくる働き蜂に過ぎなかった。宮岡だの、菊地だのという姓は、記号か、個体識別番号に過ぎない。

「ひとつ聞きたい」

和則は女から視線を逸らせ、窓の外の闇をみつめたままあらたまった口調で尋ねた。

「ここで君たちが、どんな乱れた生活をしようとそれはいい」

「乱れた？」

宮岡は不思議そうに首を傾げた。

「いや、それはともかく、大人は好きなことをしているが、子供たちはどうなるんだ」

「うちの子たちは、みんな良い子よ」

宮岡は誇らしげに言った。

「うちの子」は、宮岡家の子ではなく、この団地の子供たち全体を指すらしい。

「保護者会に行っても、先生たちがみんな感心しているもの。みんな、ちゃんと学校へ行くし、暴力をふるう子も引きこもりもいないし、援助交際なんて考えられないし……」

「それはわかった。しかし将来、どうなるんだ」

女は、やや当惑したように和則を見た。

「普通に働いて普通に結婚すると思うけど……。子供たちが大きくなって2DKで狭くなったら空いてる部屋を借りてあげるつもり」

空き家が目立つようになってから、ここは単身者でも入居できるように規約が変わった。

「息子は高校を卒業したらそっちを借りて出ていくって言ってるわ。ここの中でお嫁さんを見つけてくれたらいいな、と私は思っているけど。うちもそうだから」

「二代目なのか」

和則は呻(うめ)いた。

「うちだけじゃないわ、お宅のお向かいも、三号棟の茅野(ちの)さんのところも」

吐き気に似た嫌悪感が喉元(のどもと)をせり上がってくる。家賃四万七千円の老朽化した公営賃貸住宅に奇妙なコミューンができて、それが世代を越えて受け継がれている。

この建物が悪いんだ、と何の脈絡もなく思った。マンションのように世帯間を隔てる分厚い壁も、エレベーターもない。管理人も清掃員もいない。

中途半端に互いの生活をのぞけて、家族単位で籠(こ)もるには狭すぎる2DK。同じ広さ、同じ間取り。商店にも、中流層にも見捨てられた、マテバシイとサツキの植込みに埋もれた薄汚いコンクリートの巣穴……。住民たちはここに、外に対しては閉じられ、内側は限りなく開放的なコミューンを作り上げた。

和則は女のほの白い顔を見た。三白眼の目が自分を見上げている。背筋がぞくりとなるほど煽情的な目……。唇が薄く開かれ、ストーブの炎を映して、歯並びのよくない小さな前歯が光った。そこに和則が見ているのは女の顔ではなく性器だった。それに自分が急速に興味を失っていくのを和則は感じる。

無言のまま和則は立ち上がり、女に背を向けた。女は戸惑い気味に、「どうしたの？」と尋ねた。

俺は、ごめんだ。和則は口の中でつぶやく。俺はノーマルなんだ。

女が何か言いかけているのを無視してドアを後ろ手に閉めて外に出た。丘の上の高層団地から吹き下ろす風は、凍るように冷たい。

逃げ出さなくては、と思った。正常な場所へ。早急に引っ越さなければと五階にある我が家を見上げる。灯りはまだついていない。

不意に妻の帯を解いた男の存在が、影のように心を覆った。彼だけではない。複数の男が、妻の体に触れたかもしれない。

やり直せない、と瞬時に悟った。自分があの上目使いの女を抱いたのは確かだが、だから妻のことをこだわりなく受け入れられるというものではない。

夫婦の関係はもはや修復できない。しかし匠はどうなるのだろう。アトピーで普通の食事もできない息子は？　喘息を起こして、夜中に苦しげな呼吸音を聞かせる病弱な子は？　引き取って実家の母に育ててもらうしかないのだろうか。

不意にいくつもの足音が入り乱れて聞こえてきた。

「ああ、二号棟の……」

男の声がした。

「行きましょう、行きましょう」といきなり肩を抱かれた。酒臭い息がまつわりついてくる。

「いやぁ、カミさん連のつき合いは疲れる」

野太い声が言った。あの元保険屋だ。

「これから慰労会ですわ。この先の旧市街に、いい店があるんですよ。行きましょ。いや、ふところは気にしないでいいから。積立金があることだし」

「なに、バス？　何を正月早々、そんなしみったれたことを言ってるんだ、タクシーだよ、タクシー」

だれかが叫んだ。

「そうそう、家ん中と子供のことは、かあちゃんに任せっぱなしだから、たまには労をねぎらってやらないと……しかし連中、なんだかんだ言って、体力もてあましてるから、いやぁ、なかなか、かないませんわ」

げびた笑い声が、闇の中に響いた。和則はぎくりとして、男たちを見る。

ヘッドライトが近づいてきた。男の一人が手を上げる。

「あと二台、呼んでよ」

運転手に向かって男はそう言うと、有無を言わさず和則を座席に押し込んだ。

「ほんじゃ、お先に」

車には四人の男が乗り込む。

だれかが言った。

「これからが我々の時間ですよ」

タクシーは勢いよく走り出した。狭い公社団地を抜け、この町の入り口である大吊橋を渡り、畑の中の道を一路疾走し、ネオンのまたたく旧市街の歓楽地に向かっていく。

男たちの話題は、仕事のこと、ひいきの球団のこと、最近の景気のこと、馴染みの小料理屋の女のことなどに移っていく。

町の灯が近づいてくるにつれ、コンクリートの建物に巣くったコミューンが、和則の中で次第に取るに足りないものに変わっていった。

子供たちの歓声が、五階の部屋まで上がってくる。

パソコンの前から離れ、和則は大きく伸びをする。汗でマウスがぬるぬるしている。東京の真夏日は今日で連続三十日を越えた。冷房の利いたオフィスから盆休みで三日も追い出されると、暑さが応える。しかし団地では、エアコンを入れている家などほとんどない。電気代を節約するために妻たちが取り付けないということもあるが、この団地の南北に窓を配した古い造りは、民間のマンションにはない風通しの良さをもたらしてくれるので、なんとかしのげる。

妻たちは、早朝にそれぞれの家の掃除を終えると、子供連れで下の芝生に集まる。

そこにはビニールプールとビーチパラソルがならび、まるで避暑地のようなにぎにぎしさだ。

二人の子供を連れ、大きな腹を抱えた菊地が、マテバシイの木陰にバーベキュー用コンロを持ち出し、鉄板で何かをいためている。

パソコン操作にもあき、和則は鍵をかけることもなく、サンダルをつっかけて部屋を出る。三階の踊り場から下を覗くと、水着姿で子供の体にホースで水をかけていた宮岡が、手を振った。

「焼きそば、ありますよ。ダンナさんも一緒にどうですか」

彼女たちが、この団地の男たちを姓では呼ばず、一律に「ダンナさん」と呼ぶことに気づいたのは、いつ頃のことだっただろうか。

和則は笑って辞退する。

菊地ほどではないが、広江の腹もだいぶ迫り出している。二人目が生まれるのは、四カ月ばかり先だ。もしアトピー体質であれば、間違いなく自分の子だ。考えると滅入るので必要以上のことは、考えないことにしている。もし宮岡の体に何か変化が起きれば、それはそれで小気味いい。また少し離れたところで、テーブルセッティングをしている、越してきたばかりの若妻に自分に似た子供ができれば手放しでうれしい。

北口の女（ひと）

王谷 晶

この街がどういう街かというと、私が今勤めているお弁当屋さんの一番人気が最も安いのり弁二百八十円、二番人気が中華ホルモン炒め弁当三百四十円、それを昼間から発泡酒かワンカップを手にしたお客さんが買っていく。そういう街です。

坂に囲まれたボウルの底のような土地で、人と建物が妙に多くてごちゃごちゃしていて、食べ物がやたら安くて、というか高価なものは食べ物に限らずほとんど売っていなくて、一日中どこかから焼き鳥のような牛丼のような甘じょっぱい匂いが流れてくる。そういう街です。田舎じゃなくて、でも都会というのとも少し違って、騒々しくてのんびりしていて、不思議な街なのです。

私は十ヶ月前にこの街に磐梯山(ばんだいさん)ミヤコと一緒に移り住んできました。磐梯山ミヤコは昭和の時代にいくつもヒットを飛ばした演歌歌手で、その後もコンサートツアーや年に数回の旅番組のゲスト、CSの歌謡曲番組への出演などで活動してきましたが、一年前に大麻取締法違反で逮捕。初犯ということで不起訴処分となりその後所属事務所から解雇され、生まれ故郷のこの街に戻ってきたのでした。私はその付き人だった者です。

「演歌と大麻ってねえ、なんかしっくりこないわよね。まだ覚醒剤(シャブ)のほうがハクが付いたんじゃないの」

磐梯山ミヤコの姉である佐田美恵子さんはそういうとんでもないことをさらっと

言うのですが、経営する『べんとう・お惣菜　みえちゃん』の二階の物置部屋に私たちを家賃も取らずに住まわせてくれている、とても優しい人です。でもそれまで店先に貼ってくれていた磐梯山ミヤコのポスターは逮捕と同時に剝がしたそうです。

磐梯山ミヤコ……先生はこちらに来て以来、二階の部屋でずっと布団に入りニンテンドー3DSでモンスターハンタークロスをやり続けています。少しは外に出たほうがいいのではと思い同じゲームならとポケモンGOを勧めたりもしたのですが、まったく手を付けていないようで、この前こっそり立ち上げたらまだチュートリアルも終わっていませんでした。

この街に来る前、先生は「自分の好きな所で暮らせ」と私に言いました。しかし私は先生の付き人です。事務所を解雇されてもそれは変わりません。たとえ表立って活動ができなくなっても、心からその歌声に惚れ込んだ歌手・磐梯山ミヤコを放っておくことは、私にはできませんでした。

私は『みえちゃん』にアルバイト店員として雇われ、仕込みから調理、片付け、販売まで一通り美恵子さんに仕事を教えてもらいました。以前から付き人として料理や家事はこなしていたので、仕事にはすぐ慣れました。何より販売で街の人たちとふれあえるのが刺激的です。

「おねえさんフリカケちょうだい、特別なやつ。気持ちよくなるやつ。ひっひゃははは」

とか

「ね、ね、ね、磐梯山ミヤコの店ってここでしょ。ね、居るの？　中に。居るんでしょ？　ちょっとさ、呼んできてよ。ね、ね。ファンなんだよね俺。ね、ね」

とか、いろいろなお客さんが来ます。半年くらい前までは雑誌やワイドショーの記者の方などもよく来ていましたが、もう世間はほとんど先生のことを忘れたようです。お弁当も買わずにおかしなことを言ってくる人も、だいぶ少なくなりました。

そういうわけで今日もたくさんののり弁と中華ホルモン炒め弁当を作り、詰め、売って、お昼のピークが少し過ぎたころ。通りの向こうから「一拍さん」がやってくるのが見えました。

一拍さんというのは私が勝手につけたあだ名で、ほぼ毎日お弁当を買いに来る常連のお客さんです。二十代なかばくらいの若い女性で、近くにある『ドラッグストアしばた』のエプロンを着けています。常連さんは多いのですが、一拍さんが印象深いのはその注文の仕方です。俯き加減で注文カウンターに近付いてきて、

「のり弁をひとつ……」

と小さな小さな声で言い、それから

「……」

一拍おいて、

「以上でお願いします……」

と続けるのでした。

その不思議なテンポが妙に気になってしまい、私はなんとはなしに一拍さんが来店するのを毎日気にかけるようになっていました。

一拍さんはどうやら週六日勤務でお休みの日はまちまち。服装はいつもジーンズと緑色のスニーカーと暗い色のネルシャツか濃紺にピンクの花模様の入ったトレーナーか焦げ茶のカットソーチュニック。ほんの少し若白髪の混ざった長い髪を黒いシュシュで縛っています。雨の日も、風の日も、寒い日も、暖かい日も、来る日も来る日ものり弁。ここで働いている私もまかないは主にのり弁ですが、週に二回くらいは麻婆豆腐弁当やハンバーグ弁当を選びます。でも一拍さんは、ずうっとずうっと、のり弁。正直、特別に美味しいわけじゃありません。若干硬いご飯にのりとおかか、業務用の白身魚フライと薄切りのカマボコとショッキングピンク色の大根のお漬物。以上です。栄養バランスも偏っていますし、フライは油っぽいしカマボコは味がしません。でも、一拍さんのお昼ごはんは、ずっとのり弁。

のり弁を受け取りまた猫背気味の姿勢で来た道を戻っていく一拍さんの後ろ姿を、私はついつい眼で追ってしまうのでした。

「ありがとうございましたー」

「アキちゃん、悪いけど今日夜フミヤのとこ手伝い行ってくんない。バイトの子がチャリでコケて骨にヒビいっちゃったんだってさ」

閉店前のお惣菜値下げ売りもあらかた片付いたところで、美恵子さんが言いました。フミヤさんというのは美恵子さんの旦那さんの弟さんで、この街で小さなカラオケボックス『浪漫飛行』を経営しています。以前一度手伝いに行っているので、私は快く引き受けました。

『みえちゃん』の店じまいを済ませてから、私は美恵子さんに譲ってもらった自転車に乗って走り出しました。『浪漫飛行』へは五分もあれば着きます。

今夜も、いつもと同じように、どこからか甘じょっぱいいい匂いが流れてきます。古いアパートの窓ガラス越しにちかちかと煌めいているテレビの光、あちこちへこんだアスファルトの上を素早く駆け抜けていくドブネズミ、一等星のように強く輝くコンビニとガールズバーの看板たち。光る窓それぞれに人の生活があり、その間を通り抜けていると、私もその光の中に受け入れられているような気持ちになります。それは地方と東京を行ったり来たりして絶えず移動していた一年前の生活では得られなかった、退屈な、でもどこかほっと安心する感覚でした。

『浪漫飛行』は最寄り駅の北口出てすぐ、三階建ての小さなビルの二階と三階で営業しています。着いたらすぐに店名入りのエプロンをして、ドリンクのコップを洗ったりフライドポテトを電子レンジにかけたり部屋の掃除をしたりと忙しく働きます。朝からあまり、座ったり休んだりしていなくて、四十近い身体には少ししんどい。でも、暇過ぎるよりはいいのかなと思っています。ふと、『みえちゃん』の二階に閉じこもりきりの先生の顔が浮かびます。

夜の十時。11号室前の廊下にへばりついているガムの汚れを取るようにフミヤさんに言われたので金属のヘラを持って三階に行くと、すぐに様子がおかしいことに気付きました。

『浪漫飛行』はそんなに防音がよくありません。部屋の中で歌っているぶんにはいいのですが、廊下に出るとだいたいの部屋の歌がよく聞こえてきてしまいます。当たり前ですがみなさん、素人です。たまに少し歌えるお客さんもいますが、ここの歌は友達や家族や同僚と盛り上がるための道具であり、歌を歌として歌っている人はほとんどいません。

ですが、今、薄暗く狭い廊下に溢れてきているのは、間違いなく歌でした。

『おんな都酒（みやこざけ）』。昭和六十年に発売された磐梯山ミヤコ……先生のヒット曲です。

　いつも濡れてるこの袖を
　今日も誰かが噂する
　イヤね　違うの　涙じゃないわ
　ちょっとお酒がこぼれただけよ
　花の都で一人呑む
　おんなの酒がこぼれたの

私は金属ヘラを持ったまま、その場に立ちすくんでいました。

幼いときから何百何千何万回と聴いた歌です。本物の磐梯山ミヤコの声で繰り返し繰り返し聴いた歌です。本物を知っています。何もかも記憶しています。染み込んでいます。私の中に。

その『おんな都酒』は、初めて聴く歌でした。

同じ曲、同じ歌詞なのに、生まれて初めて聴く歌にしか思えませんでした。

声量があり伸びのある、しかしちょっとつついたら掻き消えてしまいそうな薄い氷のような透明な声。こぶしのわななきが私の首の後ろをグッと摑み、袖を濡らす女の諦念が、恨みが、やぶれかぶれさが、そこから骨の髄に直接流れ込んできます。

私は泣いていました。

初めて、『おんな都酒』がどういう演歌か知りました。これが「本物」なのです。なんということでしょうか。磐梯山ミヤコの歌唱は「本物」ではなかった。凄まじい歌。凄まじい歌声。こんなものを聴いてしまうなんて。

動くことができないまま、その『おんな都酒』を最後まで聴きました。

ややあって、歌が聞こえていた突き当りの部屋のドアがすっと開きました。

中から俯いて伝票を持って出てきたのは、一拍さんでした。

「先生！」

私は『みえちゃん』に戻るとすぐに二階に駆け上がりました。先生はやはり寝間着のまま布団の上に寝転がり３ＤＳを握っています。

「先生、あの、凄い歌い手を見つけちゃったんです。いつもお弁当買いに来るお客さんなんですけど、今日フミヤさんのお店で歌ってるのを聴いて……とにかく凄くて。あんな声初めて聴きました。演歌ですよ。まだ若いけど、凄い演歌なんです」

先生は視線を3DSから離さず、しばらく黙って手を動かしていました。

「先生、あの」

「だから何」

「何って、その……」

「だから何なの」

私は口を半開きにして黙ってしまいました。確かにそうです。こんなことを今の先生に言ったところで、何にもなりません。かつては弟子筋の若い歌手をプロデュースしたりということも手がけていた先生ですが、今は引退している身なのですから。

でも、言わずにおれないでしょう。ただの付き人とはいえ、私も物心ついたときから演歌を聴き続け、そして数十年、先生の側で仕事として歌に関わってきたのです。あの歌声の力を理解できるのは、きっとこの街には私と先生しかいません。

次の日も、一拍さんはお昼にのり弁を買いに来ました。いつもと同じように俯いて、いつもと同じように一拍あけて注文して。その小さな声は、昨夜の伸びやかな発声とは一瞬まるで違って聞こえましたが、それでも確かに、耳に残る余韻はあの歌声と同じ音をしていました。

その夜、私は自分から『浪漫飛行』の手伝いを申し出ました。フミヤさんから一拍さんが常連でほとんど毎日夜に一人カラオケをしに来るということを聞き出していたからです。

期待通り、その日も一拍さんはやってきました。無言で会員カードを出し、無言でぺこりと頭を下げて伝票を挟んだプラスチックフォルダーを受け取り、俯いて足早に三階に上がります。

頃合いを見て、私は掃除をすると言って三階に行きました。

「ああ……」

思わず小さく声が漏れてしまいました。防音扉を突き破って響き渡る『おんな都酒』『会津人生終着駅』『ミヤコのけっぱれ節』……どれも磐梯山ミヤコの曲です。私の頭の中の音楽が、一拍さんの歌声によってしゅわしゅわと全て書き換えられていくような気持ちになりました。磐梯山ミヤコの曲だけでなく、この脳内に降り積もった全ての演歌が、全ての音楽が。

ほとんど無意識に、私は自分の携帯電話で録音を始めていました。

『みえちゃん』の二階の扉を開けると、中は暗く、先生はすでに眠っているようでした。あるいは寝たふりをしているか。

「先生」

膨らんだ布団の枕元ににじり寄り、小さく声をかけます。

「先生、聴いてください。これがその歌なんです」

私は録音を再生しました。こんな機材とあんな環境でも、歌声の威力が衰えていないことに驚きながら、それを可能な限りの大きな音量で流しました。

先生は身じろぎ一つしません。

眠っているはずはありませんでした。この歌声を聴いて何も感じないなんて、ありえません。何を思っているのか。どう感じたのか。布団を剝がしてゆさぶり問いただしたい衝動にかられながら私はひたすら歌を流し続けます。

無言の先生の枕元で夜明けまで繰り返し、繰り返し一拍さんの歌を再生しながら、私はいつしか気絶するように畳の上で眠ってしまっていました。

寒さと節々の痛みで目を覚ますと、きちんと畳まれた布団が目に入りました。外はうっすらと明るくなっています。

畳の上には充電の切れた私の携帯が転がっています。

しばらくぼんやりとそれを眺めてから、はっとして物置の襖を開けました。中には私たちがこの街に来たときのスーツケースや荷物が入っているはずです。

そこには、私の私物のボストンバッグしか残っていませんでした。

「先生！」

始発を待つ冷たいホームに、先生は立っていました。

ほぼ一年ぶりに見る美しく化粧した顔、茄子紺色のレースのスーツ、真紅のスーツケース、紫色のサングラス。先生は時間を巻き戻したように、昭和の大歌手、磐梯山ミヤコに戻っていました。

「先生……」

私ははっとしました。先生の大柄な身体の陰に隠れるようにして、一人の女性が立っていたのです。一拍さんでした。

先生は、サングラス越しに私を一瞥するとわずかに顎を上げておごそかに言いました。

「この子と東京に戻る。お前は好きなように暮らしなさい」

この街に来たときと同じ言葉でした。私は着の身着のまま、顔も洗っていないぐちゃぐちゃの姿のまま、美しく偉大な磐梯山ミヤコの前で膝を折り、地面にしゃがみこみました。

「どうして、私は連れて行かないんです。彼女を見つけたのは、私です」

一拍さんは顔を上げ、初めて私の顔を見ました。きょとんとした、不安そうな表情。なのに頬だけは桃のように紅潮させて、白い息を細く吐きながら黙ってじっとしています。

「お前にはこの声は扱えない」

先生はもはや私のほうに顔も向けず、一拍さんの赤い頬を見つめていました。

「でも、付き人は。付き人は必要でしょう。先生の身の回りのことは。事務手続きなんかはどうするんです」

「そんなもの、他に誰でもやる人間はいる」

「でも私は先生のためにずっと――」

「私は頼んだ憶えはないよ」

すうっと、冷たいつむじ風が吹きました。

「演歌は鬼と悪魔の歌なんだ。鬼になって悪魔に魂を売らなきゃ演歌は歌えない。それの共連れも、一緒に地獄に行く覚悟が必要なんだよ。お前は鬼でも悪魔でもない。こんな糞みたいな街にもすぐ慣れた。お前はただの女だ。これからは普通の暮らしをしなさい」

先生はそう言うと、自分が巻いていたディオールのマフラーを一拍さんの首に優しく巻きつけました。

「あんたはこれから私と一緒に地獄に行くんだ。いいね？」

一拍さんは眼をしっかり見開き唇を引き結び、磐梯山ミヤコの瞳を見つめ、まったく躊躇（ちゅうちょ）のない表情で、ゆっくり大きく頷きました。

始発電車がやってきました。

「先生！」

スーツケースを引いて、二人は私のほうを振り返りもせずがらがらの車内に進んでいきます。

「先生、どうして！」

駅員さんが怯えたような顔で地面に這いつくばる私を見ていますが、見ているだけです。普段通りのアナウンスが流れ、電車のドアは閉じます。

「お母さん！」

私の叫びは発車音にかき消されました。

「待って！　お母さん!!」

二匹の鬼を乗せ、私鉄は朝日に向かって走り去っていきました。

私はホームにへたりこんだまま、しばらく呆然としていました。

そして太陽が昇りきったころにやっと、自分が何もかもを失ったことと、完全に自由になったことを理解しました。

また冷たい風が吹き、四十間近の、何も持っていない、何者でもない私の身体から体温を奪っていきます。私はこれからどうすればいいのでしょうか。『みえちゃん』に戻ってのり弁を詰めるか、または押入れのボストンバッグを出すか、そのどちらかなのでしょうけど、今はただ、何もせず、このままここで眠ってしまいたいと、それだけを考え目を閉じました。

ひとりでいいのに

降田 天

ショーウィンドウのガラス越しに、やわらかな日の光が射してきた。花曇りの朝だったが、午後になって晴れてきたようだ。

工房でひとり作業をしていた高階忍は、つかの間、手を止めて表のほうを見た。目を細めて、春だなと思い、また手元に視線を落とす。

ダッダッダッダッ。ミシンの音だけが響く。木と革のにおいがする。高階は自分を、世界で二番目に腕のいい靴職人だと思っている。また、自分が優男と表現されるタイプの美しい容姿の持ち主であることを十二分に自覚している。ダッダッダッダッ。

オーダーメイド専門靴店〈高円寺ルシャボテ〉は、穏やかな静寂とナルシシズムのなかにあった。

入り口のドアが開き、若い女性が店内に足を踏み入れた。自分より二つ三つ年下に見えるから、おそらく二十代前半、と高階は見当をつけた。

入ってすぐのところは接客のためのスペースで、感じのよい小さなソファと姿見があり、壁際の棚には靴の見本を陳列してある。高階がいつも仕事をしている工房は、ひと続きになった同じ空間の奥側にある。今はたまにしか顔を出さないオーナーが現役の職人だったころから、ずっとそうだ。

若い女性客は、もの珍しげに店内を見回しながら、おずおずとした足取りで入ってきた。背後には同じ年頃の男性が寄り添っている。

女性のほうは好みではないが男性のほうはなかなか、と内心で判定しながら、高階はデニム地のエプロンについた糸くずを払い、ゆっくりと作業用の椅子から立ち上がった。

「いらっしゃいませ」

ほほえんでふたり連れに歩み寄った高階は、おやと思った。女性のほうに見覚えがあったのだ。

彼女は前にも来店している。たしか一年以上前。高円寺で評判のカレー店を訪ねた帰り、古着屋や珍しい観葉植物の店を冷やかして路地をぶらぶらしていたところ、ショーウィンドウに飾ってあったパンプスが目に飛びこんできたのだと、問わず語りに話していた。

――すごくすてきな靴。

店内からショーウィンドウを振り返って、うっとりとそれを眺める彼女の言葉には、高階も同感だった。何十年も前にオーナーの手によって作られたものだが、店頭の一等席で光を浴びているとき、その靴は女王のために作られたかのように見える。

ややあって、彼女は決心した顔を高階に向けた。

――あれの二十三・五センチってありますか。

問いの意図を察し、高階は優しげに整った顔を少し曇らせてみせた。

――申し訳ありませんが、当店はオーダーメイド専門です。

足の形は千差万別だ。大きな足、小さな足、幅の広い足、狭い足、親指の長い足、人差し指の長い足、甲の高い足、扁平な足、重い体重を支える足、傾きに偏りのある足、よく歩く足、違いを挙げれば切りがない。形だけでなく悩みもいろいろだ。外反母趾、巻き爪、その他もろもろ。生まれつきでも違うし、生活習慣でも違う。同じ人物の左右の足でも違うのだから、まったく同じ足はひとつとして存在しないと言っていい。まったく同じ人生がないように。それぞれにぴったり合う、その人のためだけの一足を作ることが、〈ルシャボテ〉の生業である。

高階の説明は彼女の心を捉えたようだった。彼女はだいたいの値段を尋ねた上で、パンプスを作ってほしいと言った。高階は要望を聞き、足型を測定し、見本の試し履きをしてもらい、デザインを決めた。九センチのピンヒールで、色はゴールド。

そのパンプスはとうに完成し、シンデレラの靴よろしく、唯一の持ち主に出会える日を待っている。ところが約束の期日に彼女は来なかった。何度か電話をかけてみてもつながらなかった。忙しいのかもしれないし、気が変わって興味が失せたのかもしれない。待ちぼうけのパンプスが哀(あわ)れではあるものの、代金はすでに受け取っているので、高階はあまり気にしていなかった。

その客が今ようやく、やって来た。

「お受け取りですね」

確認すると、彼女はきょとんとした顔で高階を見つめた。が、やがてその目に激しい動揺が走った。長いまつげがすばやく二度、上下する。

「え、何の話……」

「失礼しました。勘違いしてしまったようで」

とぼけなければならない事情が何かあるのだろうと、高階は判断した。前に来たときはひとりだったので、同行の男性が理由かもしれない。

好みの店ではなかったとばかりに、彼女はすぐに身をひるがえして出ていった。同行の男性が慌ててあとを追う。

「里帆(りほ)！」

ありがとうございましたと声をかけて見送りながら、高階は首を傾(かし)げた。

＊

最初は、額(ひたい)のニキビだった。

小学校六年生の夏、白くてすべすべだった真帆の額に、嫌なブツブツが出てきた。それがあると、どんな服を着てもどんな髪型にしてもかわいくないように思え、鏡を見るたびに落ちこんだ。友達の顔にニキビを探すようになり、なければ変な引け目を感じた。こまめに洗顔をして、チョコレートも唐揚げも我慢した。前髪で隠したり、母親のファンデーションをつけてみたりもした。額にくっついて取れないニキビのように、そのことが一日じゅう片時も頭を離れなかった。

何より嫌だったのは、双子の妹である里帆の額は、あいかわらず剝いたゆで卵のようだったことだ。一卵性の双子で、顔も背格好もそっくり同じ。当時は髪型も同じだったし、たいてい母親が選んだおそろいの服を着ていたから、よく「どっち?」と訊かれていた。だが真帆の額にニキビができてからは、誰でもふたりを見分けられるようになった。「かわいい双子」で通っていたのに、「かわいい妹とかわいそうなお姉ちゃん」になった。そういう年頃だからと親は真帆を慰めたが、だったらどうして私だけ、と思わずにはいられなかった。

——なんでだろうね。こんなに同じなのに。

里帆が気の毒そうに言った瞬間、真帆は妹が自分を蔑んでいることを知った。たまたま洗面台の前で一緒になり、鏡のなかには、すべすべの額とブツブツの額が並んでいた。真帆はヘアバンドで前髪を上げ、アクネケア用の洗顔料を手にしていた。劣等感は鏡に反射して里帆への憎しみになった。

　のちにニキビはきれいに消えたが、このときに発見した感情は、消えるどころかますます大きく育っていった。本当はずっと前から心に根を張っていて、それが地表に芽吹いたというだけのことだったのだ。

　同じ家で暮らし同じ学校に通っていれば、養分はいくらでも供給される。

　中学時代、たわいもない話できゃあきゃあ盛り上がる真帆たちのグループを、里帆はいつも見下していた。里帆は大人っぽくて、頭もよくて、二年のときに男子がこっそりやっていた人気投票では学年で一位になった。ニキビさえなければほとんど同じ顔かたちなのに、真帆は九位だった。教室で泣いてしまった真帆を友達は慰めてくれたが、かえってみじめに思えた。里帆と同じ髪型でいることが急に恥ずかしくなって、母に頼みこんで初めておしゃれな美容室に行った。勇気を出してニキビが気になるんですと美容師に伝えると、それを気にするよりきれいな輪郭（りんかく）を強調したほうがいいと、伸ばしていた髪をばっさり切られてしまった。かわいくなるかもと期待したけれど、鏡に映った姿はヘルメットを被ったみたいだった。ちょっとでもましに見せたくて少しだけ化粧をしたら、すぐに職員室に呼び出された。自分の浅はかさとみっともなさに涙が出た。

　高校進学に当たって、里帆は東京の私立高に行きたいと言い出した。静岡の自宅からでは通えないので、都内でひとり暮らしをしている伯母の家に下宿するという。里帆がそう望む理由を、真帆は知っていた。自分のレベルに地元の高校は見合っていないと考えたのだろう。さして裕福な家でもないのに私立なんて、田舎を出て東京で暮らすなんて、里帆だけ特別扱いじゃないか。そんなのずるい。

でも、しかたないのかもしれないとも思った。実際、里帆は特別で、何の取り柄もない真帆とは違う。

どうして双子なんだろう。里帆ひとりでいいのに。私なんかいらない子なのに。

高校生になって最初の正月、帰省してきた里帆と一緒に家族で初詣に行った。隣に立つ妹は、伯母から譲ってもらったという豪華な振袖を着ていた。対する自分は格安量販店で買ったコート姿。鈴を鳴らす前に、里帆は真帆にだけ聞こえる声でささやいた。

――振袖、あとで貸してあげるね。

しおらしげに手を合わせる妹の横顔を盗み見て、真帆は祈った。

里帆が死んでくれますように。

自然に出てきた言葉に、我ながらぎょっとした。しかしすぐに、それこそが自分の願いだったのだと納得した。そうか、私は間違ってたんだ。「里帆ひとりでいい」じゃない、真帆ひとりがいい。いらないのは私じゃない。翌年もその次の年も同じことを祈ったが、後ろめたさは感じなかった。

祈りは届かないまま、真帆は大学生になった。何はともあれ東京へ行くと、あの初詣の日から心に決めていた。里帆だけがいい目を見るのは、もう許せない。両親は娘をふたりとも遠くへやることを嫌がったが、最終的には里帆との同居を条件に折れた。里帆は大学進学を機に、伯母の家を出てひとり暮らしを始めることになっていた。里帆が同居を歓迎したはずはないが、親から金銭的な援助を受けている以上、拒(こば)みきれないのはわかっていた。真帆もそうであるように。

真帆と里帆は、再びひとつ屋根の下で暮らすことになった。

忌々(いまいま)しいことに、この三年で里帆はさらにきれいになっていた。顔かたちは真帆と同じなのに、完全に垢(あか)ぬけて洗練されている。服装や持ち物のせいもあるだろうし、目に触れるものや周囲の人々の影響もあるだろう。環境が里帆を磨いたのだ。自分だけ先に都会に出てきたから。

あまりにも不公平だった。今さら都会に出てきたところで、真帆と里帆との差は縮まらず、逆にみじめさが募るだけだ。

それでも真帆は、里帆に対する不平を表に出したりはしなかった。大嫌いな妹でも表面的にはうまくやろうと思っていた。しかし、真帆がふたりのために作り置いた惣菜(そうざい)を、里帆はあろうことかごみ箱に投げ捨てた。こんなものを私に食べさせようとするなんて、と怒鳴られたときには、こらえきれずに涙が出た。子どものころに読んだ『シンデレラ』を思い出した。姉と妹の立場が逆だが、真帆は哀れな灰かぶりそのものだった。

ある日のこと、里帆のクローゼットのなかにブランドもののバッグを見つけた。おそらく伯母が買ってくれたのだろう。真帆はそのバッグを黙って借りた。魔法使いは助けるべき相手を見誤っているのだ。友達にバッグを褒められ、次はストールを借りた。

それからカーディガンを、スカートを、靴を、アクセサリーを、化粧品を。サイズもデザインも、里帆に合うものは真帆にも合った。里帆はまったく気づいていない様子で、それがまた愉快だった。

経歴を借りることを覚えるのに、時間はかからなかった。合コンの際、真帆はしばしば自分の通う大学を偽った。里帆の大学のほうが、相手から高く見られるからだ。その場かぎりでちやほやされたり、軽い交際を目的とするなら、嘘なんていくらついても困らない。

目の覚める思いだった。そのときどきで要領よく振る舞えば、人生はこんなにも快適になるものだったのだ。里帆のように、いや、里帆よりうまく立ち回れば。私は今まで正直すぎた。そのせいで損ばかりしてきた。もう、そうじゃない。取り返すんだ、私の取り分を。

双子が交通事故に遭ったのは、ふたりが社会人になって三年目の冬のことだった。

経済的な理由から同居は継続しており、たまたまマンションの近くの信号待ちで一緒になったところへ、車が突っ込んだのだ。冷たい雨が降った日で、日が落ちて路面の一部が凍結していた。

病院で目を覚ましたとき、混乱の次に真帆が感じたのは落胆だった。ごきょうだいも無事ですよ、と看護師が教えてくれたからだ。里帆も助かったのだ。毎年毎年、里帆の死を祈り続けているというのに。ふたりとも重傷ではあったが、けがの程度は事故の大きさから考えると奇跡的と言えるほどに軽かった。

自分の名前がわかりますかと医師に訊かれたとき、真帆はふと違和感を覚えた。単に意識の状態を確認しているにしては、なんだか雰囲気が妙だ。あとになって思えば、このときすぐに答えなかったのが幸いした。真帆が黙っていると、医師の口から思いもよらない言葉が出てきた。

別室で先に目覚めた里帆は記憶を失っており、自分が誰かもわからない状態だというのだ。医師は里帆のことを「あなたのごきょうだい」と表現した。そういえば、最初に無事を教えてくれた看護師もそう言った。事故現場はめちゃくちゃで、ふたりの持ち物も散乱して入り混じってしまい、そこから姉妹を判別することは不可能だったそうだ。静岡から駆けつけた両親も確信は持てないという。

驚きのあまり声も出ない真帆に、医師はあらためて名前を尋ねた。真帆が名乗れば、もうひとりの名前もおのずと確定するというわけだ。その瞬間、ざわっと総毛立った。実際に体が震えたかもしれない。

真帆か、里帆か。私は今、選ぶことができる。

弓野(ゆみの)真帆は、駅ビル内のアクセサリー販売店で販売員として働いている。単に生活のために見つけた仕事だ。特にやりがいは感じられず、薄給で、出世しても天井がすぐそこに見えている。無料のキャバクラとばかりに日参して話しかけてくる老人。「若いんだから」と「若いのに」を交互に使って説教をする先輩社員。ストレスだらけで「やめたい」が口癖になっているが、本当にやめる気はない。やりたいことがあるわけでなし、今よりましな仕事が見つかるとも思えない。気晴らしは、ひとりでおいしいものを食べに行くことと、大学時代に味をしめた合コンくらいか。友達とも社会人になったら疎遠(そえん)になってしまったし、親友も恋人もいない。

一方、弓野里帆は民放テレビ局のアナウンサーだ。入社二年目に深夜のバラエティ番組の出演枠を勝ち取り、徐々に知名度と人気を高めている。インタビュー記事によれば、キャスターを目指しているとのことだ。常に忙しそうにしていて、日付が変わってからタクシーで帰宅することも多い。休日は勉強にヨガにエステにと、自分磨きに余念がない。報道されてはいないが、どうやら恋人もいるようだ。クローゼットや靴箱にはデパートに入っているブランドの品が並び、芸能人やスポーツ選手との交流もある。正月に一日だけ帰省した里帆に、両親はサインを頼まれたと言って色紙の束を差し出した。

真帆か、里帆か。どちらの人生がいいかと訊かれれば、考えるまでもない。

　もしも今、自分は里帆だと言えば、里帆の人生がそっくり真帆のものになる。真帆は里帆になり代わって、輝かしい人生の続きを歩むことができる。どん底ではないというだけのつまらない人生は、里帆にくれてやって。しかしそれは、靴を履き替えるようにはいかないだろう。いや、そうか？　この運命が、私に用意されたガラスの靴じゃないのか。

真帆か、里帆か。全身にじっとりと汗をかいていた。無意識に額に手をやった真帆は、はっとした。この鈍い痛みと異物感。ニキビだ。

――里帆。

真帆は、選んだ。

――私は、弓野里帆です。

その瞬間、真帆は里帆に、里帆は真帆になった。

医師の見立てでは、里帆の記憶が戻るかどうかは不明で、戻るとしても時間がかかりそうだという。

ガラスの靴を履き、今までとは違う人間になった真帆は、ごく自然に考え、ごく自然に決めた。もしも里帆の記憶が戻ったときは、いっそ口を封じてしまおう。事故に見せかけて殺してしまうのだ。たとえば、マンションの階段でちょっと背中を押すだけでいい。

幸いなことに、それから一週間がたち二週間がたっても、里帆の記憶が戻る気配はなかった。里帆になった真帆は、真帆になった里帆に、弓野真帆がどんな人間なのかを詳細に教えてやった。「私のこと、何でも知ってるんだね。仲よかったんだ」と言われたときには、笑いをこらえるのに苦労したものだ。

両親は娘たちを実家に戻らせたがったが、もちろん真帆にそんな気はなかった。せっかく里帆の人生を手に入れたのに、田舎に引っこんでなどいられるものか。里帆のほうも気が進まないようだった。今までの暮らしを変えないほうが記憶も戻りやすいんじゃないか、ふたりで助け合えば大丈夫だから、と真帆は両親を説得した。

里帆になった真帆は、療養を理由にアナウンサーの仕事をやめた。もったいなかったが、専門的な仕事だけに続けるのは不可能だと判断した。強く慰留されなかったことが、つまらなくもありおもしろくもあった。もてはやされているようでも、弓野里帆なんてそんなものか。

里帆のスマホを見たかったが、事故の衝撃で壊れてしまっていた。まあいい。交友関係における不都合は、すべて事故のせいにしてごまかしてしまおう。やるしかない。もう後戻りはできないのだから。逆に真帆のスマホは、真帆になった里帆が持っている。顔認証のロックをかけていたが、スマホは里帆を真帆だと認証した。里帆に中身を見られることに抵抗はあったものの、どうしても隠さなければならないものは真帆にはない。

両親は、真帆を里帆、里帆を真帆だと信じている。里帆も自分が真帆であることを受け入れ、これからのことを考え始めている。とっさに里帆と入れ替わることを選び、行き当たりばったりでやってきたが、今のところ順調にいっている……。

「里帆」

部屋の外から呼ばれて、真帆は思わず寝そべっていたベッドから跳ね起きた。かつては里帆のものだった部屋であり、里帆のものだったベッドだ。乱れた髪をなでつけながら「なに」と応じた声が上ずる。

ドアを開けた里帆は、申し訳なさそうな表情を浮かべていた。

「登録のない番号から電話がかかってきてるんだけど、出ていいと思う?」

「え?」

スマホに表示されたナンバーを見て記憶を探るうちに、ひとつ思い当たる相手を見つけた。

「登録してないってことは、重要な相手じゃないんでしょ。出ないほうがいいよ」

里帆に生まれ変わった自分には、もういらないものだ。

「わかった」

通話終了ボタンを押した里帆が、何かに気づいたように目を上げる。

「里帆、おでこ……」

その瞬間、強いいらだちがこみ上げた。指摘されるまでもなくわかっている。病院で目覚めたあの日、額にできていたニキビは、治るどころか広がって今ではブツブツになっている。

「ストレスでしょ」

里帆になった真帆は投げ捨てるように言い、本物の里帆は謝った。なぜだろう、里帆より優位に立って気分がいいはずなのに、このところやけに、いらいらしやすい。

おそらく、いつ里帆の記憶が戻るかと、常に神経を尖らせているせいだ。そのときをけっして見逃してはならない。そして即座に、速やかに手を打たなければ。本当にできるのか。いや、やらなければ。そうでなければ、里帆としての新たな人生を失うばかりではすまない。また、たとえ里帆の記憶が戻らなくても、周囲の誰かが入れ替わりに気づく可能性もある。その場合はどうすればいいだろう。ごまかしきれるだろうか。

まるで綱渡りだ。いつもびくびくして、ひとときも気が休まらない。もしかして今このときにと考えると夜も眠れず、精神的に不安定になり、嵐の海のように気分が浮き沈みする。華やかな未来の夢想に浸っていたかと思えば、ささいなことで不安に苛まれる。

こんなはずではなかった。里帆になった真帆は、無意識に額のブツブツを触っていた。そんな真帆をじっと見つめて、真帆になった里帆が言う。

「なんでだろうね。こんなに同じなのに」

真帆は弾かれたように里帆を見た。忘れもしない、小学生のときに聞いたあの台詞。これは偶然なのか、それとも……。

里帆はあのときと同じように気の毒そうな顔をしている。あのときと同じ、すべすべの額。真帆はぞっとして、里帆がドアを閉めて去っていくまで動けなかった。心臓がどきどきして、全身が冷たい汗に濡れている。追いかけなくては、と気づくまでに、ずいぶん時間がかかった。追いかけて、記憶が戻ったのか探らなくては。

しかし、まだ足は動かない。頭の片隅に別の考えがある。このままでいいのか。たとえ今は大丈夫だったとしても、これから先、ずっと不安を抱えて怯えながら生きていくのか。入れ替わりというとてつもない危険を冒して、手に入れたかったのはそんな人生か。

ゆっくりと息を吸って吐いた。凍りついていた体の力が抜け、動くようになった。

もしも記憶が戻ったらと考えていたことを、今やってしまおう。高校生のときから祈り続けてきたことを。あの子がいるかぎり、私の完璧な幸せはない。

とっくに知っていたことだった。

真帆か、里帆か。私たちは、ふたりもいらない。

*

地下鉄の長い階段を上って、ひとりの若者が地上に出た。姿勢のよい細身の体にスプリングコートをまとい、革靴を履いて、手には無地の紙袋を提げている。〈高円寺ルシャボテ〉の靴職人、高階忍である。

高階は明るさに慣れない目を少し細め、周辺地図の掲示板に近づいた。いくつもの商店街が連なる高円寺と違って、この街は都会らしい都会だ。注文時に書いてもらった住所と頭のなかで照らし合わせ、方向を見定めて歩き出す。

目当てのマンションまでは、駅から徒歩十分ほどだった。クリーム色のきれいな建物で、見上げて数えてみたところ七階建てだ。高級マンションというわけではなさそうだが、場所を考えてもけっして安くはないだろう。ファミリー向けの物件なのか、駐輪場にはチャイルドシート付きの自転車が並んでいる。

玄関はオートロックだった。七〇三号室を呼び出すと、ややあって警戒するような女性の声で「はい」と応答があった。

「弓野さんのお宅ですか。〈高円寺ルシャボテ〉よりご注文の靴をお持ちしました」

「靴……」

インターホンの向こうで、はっと息を呑む気配が伝わってくる。彼女が店を訪れ、注文した靴についてとぼけてみせたのは、つい昨日のことだ。まさか届けに来られるとは思わなかったのだろう。

最初の応答よりも長い間があって、ようやく弓野は「どうぞ」と言った。ロックを解除する音がした。高階は「お邪魔します」と断って、清潔なエントランスホールに足を踏み入れた。エレベーターが一基と、階段もある。だが階段のほうは、安全点検と工事をおこなうため使用中止とのことで、通れないようにテープが張られていた。

エレベーターで七階に上がり、七〇三号室の呼び鈴を押す。今度は待たされずにドアが開き、昨日見たばかりの顔が現れた。

「昨日はすみませんでした」

形のよい眉をひそめて控えめな笑みを浮かべながら、弓野はまず言った。

「一緒にいた彼に知られたくなかったんです。高円寺は初めてだって言ってしまってたものですから」

「そうでしたか。こちらこそ申し訳ありませんでした」

高階もほほえんで謝った。

弓野はざっくりしたニットのワンピースを着て、長い髪を背に流している。化粧はよく見ればしている程度で、全体的に無造作なスタイルだが、洗練されていてセンスがいい。変わった、と高階は思った。昨日も感じたことだが、一年ちょっと前にパンプスを注文した弓野真帆とは雰囲気が違う。だが言葉にはしなかった。

「それで、靴を持ってきてくださったって」

「ええ、急に押しかけてすみません。何度かお電話したのですが、つながらなくて。失礼とは思いつつ、直接うかがいました」

「ごめんなさい。実は私、交通事故に遭ったんです。しばらく入院したりしてて、約束の期日を忘れてました。お電話も、登録のなかった番号だったので拒否してしまい、こちらこそたいへん失礼しました」

「それはお気の毒に。お体はもう大丈夫なんですか」

「ようやく全部の骨がくっついて、いろいろと再始動したばかりなんです」

「では、こちらがお役に立つといいんですが」

高階は紙袋からボール箱を取り出し、弓野の足元に置いた。蓋（ふた）を開け、華奢（きゃしゃ）なパンプスをそっと持ち上げて靴脱（くつぬ）ぎに下ろす。

すてき、と弓野は声を弾ませた。同時にその口元がわずかにゆがんだことに、高階は気がついた。その一瞬、弓野の美しい顔は意地悪く見えた。

「ご注文どおりに仕上がっているか、ご確認ください」

弓野はフローリングの床に膝をつき、パンプスを手に取った。いろんな角度から眺め、満足げにうなずく。

「ええ、たしかに」

「どうぞ履いてみてください。そうでないとわかりませんから」

「ああ、そうですよね」

パンプスを置いてすっと立ち上がった弓野は、靴下を脱いで、素足を靴に差し入れた。白く滑らかな爪先（つまさき）から踵（かかと）までが、吸いこまれるように収まった。

「ぴったり」

両足にそれを履いて、弓野は軽く足踏みをした。ゴールドの革が輝き、九センチのヒールが上品な音を立てる。サイズはよさそうだし、デザイン的にも似合っている。ぴったり――そう言ってもいいだろう。これが〈ルシャボテ〉の靴でなければ。

高階は弓野の足元を見つめながら言った。

「いえ、残念ながらそうとは言えません」

同じく足元を見下ろしていた弓野が、動きを止めて高階を見た。当惑した顔に、まだ笑みの名残(なごり)がある。

高階は靴脱ぎに片膝をついて屈み、パンプスに包まれた弓野の右足に手を伸ばした。

「触ってもかまいませんか」

「……いいですけど」

「失礼します」

靴のなかで弓野の爪先が縮こまったのが、高階には見て取れた。足の輪郭を確かめるように触れ、ところどころを指で押さえる。続いて、左足も。

「やはり合っていませんね。ごくわずかなずれですが、当店としてはこれをぴったりと表現するわけにはいきません」

「そんなことないですよ。しっくりなじんでるし、履き心地もすごくいい」

ほら、というように、弓野は再び足踏みをしてみせた。最初に履いたときよりも、ヒールの打つリズムが速かった。

「いえ」

高階は静かに言って立ち上がった。弓野の視線も一緒に上がる。

「このずれには、三つの原因が考えられます。採寸や足型測定の段階でのミス、製作段階でのミス、そしてお客さまの足の変化。前のふたつであれば私の過失ですが、今回は三つ目のようですね」

「三つ目って、私の足が……？」

弓野は幻覚でも見たみたいにぱちぱちとまばたきをして、また自分の足に目を向けた。

「事故のせい？　足を骨折したことが関係あるんでしょうか。あ、ひょっとして太ったのかな。長い間、ろくに動けなかったから」

「たしかに、けがの影響や脂肪の付き具合でも足の形は変化します。極端な場合はサイズまで変わることもあります。ですが弓野さまの足の変化は、そういうものではありません」

ヒールの音がひとつ、玄関に響いた。弓野がわずかに一歩、足を引いたせいだ。その視線は高階の面（おもて）に戻っている。

「この靴を注文された弓野真帆さまの足は、扁平足で外反母趾気味でした。また、小指がしもやけになったときのように膨れていて、仕事で着用しなければならないパンプスが合わなくてそうなったのだとおっしゃっていました」

「仕事をやめたら小指は治りました。他の部分もそれで変わったんでしょうか」

困惑顔で尋ねる彼女の足は、バレリーナのような甲高で、外反母趾でもない。

そうだろうとも違うだろうとも答えずに、高階は続ける。

「それから弓野真帆さまは、パンプスを履かれた際の足の痛みに悩んでおいでした。当店で見本品を試されたときは、これなら大丈夫だと喜んでいただけましたが、こちらはいかがですか」

「ぜんぜん痛くないです。ぴったりじゃないっておっしゃいましたけど、すごく快適ですよ。歩けるようになったことだし、大事に履かせてもらいます」

「そうですか……。ありがとうございます」

丁重に頭を下げながら、高階は内心、がっかりしていた。靴が真価を発揮できないことが残念だった。ぴったりだったはずなのだ。この靴を履いているのが、それを注文した女性ならば。

目の前の女性は、あのときの女性ではない。同一人物でも足の形が変化するのは事実だが、事故という大きな要素を差し引いても、一年くらいでここまで変わるものではない。これは明らかに別人の足だ。どちらも弓野真帆と名乗っているが、ふたりは別人だ。

昨日、来店した弓野を同行の男性が「里帆」と呼んだことを、高階は思い出していた。聞き違いかと思ったが、そうでなかったとしたら？

里帆さん――高階は、目の前の女性にそう呼びかけてみたい気になった。しかし、そうはしなかった。人にはそれぞれ事情があるものだし、高階忍は探偵ではなく靴職人だ。

頭を上げた高階は、ほほえんで告げた。

「できれば長く履いてやってください。履けば履くほど、あなたの靴になりますから」

誰のために作られたものであれ、この靴はもう、この女性のものになったのだ。これからは彼女の変化に合わせて靴も変わっていく。やがて彼女にぴったりの相棒になって、楽しいときの一歩を分かち合い、苦しいときの一歩を助ける。それはそれで靴にとって幸せなことだろう。そうなることを、作り手は願うばかりだ。

靴職人が去ったあとの玄関に、里帆はひとり立ち尽くしていた。彼は気づいただろうか。靴を受け取った女が、弓野真帆ではないことに。

考えすぎだと自分に言い聞かせる。いったい誰が本気で想像するだろう。双子が入れ替わったなんて。それに、弓野里帆は一ヶ月以上前に死んでいる。

＊

最初は、両親だった。

弓野家はごく平凡な四人家族だった。父と母と双子の娘。双子の性格は赤ん坊のころから違っていて、姉の真帆は素直で思ったことをそのまま口に出すタイプ、妹の里帆は慎重で何をするにも周りを気にするタイプ。

食べたいものや欲しいものを訊かれたとき、真帆は単純に自分の希望を伝えた。一方、里帆は他の人の希望を考慮して即答を避け、「何でもいい」という答えに落ち着きがちだった。ふたりが小学生になり、専業主婦だった母が働きに出たいと言い出したときも、真帆は嫌だと泣きわめいたが、里帆は「がんばって」と背中を押した。母がその言葉を求めているのがわかったから。

あとから考えてみると、真帆が先に行動した結果を見て、里帆は自分の行動を決めていたところがある。真帆は考えなしで、鈍感だった。何でも言いっぱなしで、自分のせいで雰囲気が悪くなってもきょとんとしていた。そのたびに里帆はフォローに回った。両親をはじめ大人はみんな、里帆をいい子だと褒めた。里帆は内心、得意になっていた。

　ところがあるとき、夜遅くに両親が話しているのをたまたま聞いてしまった。小学校で保護者面談があった日だった。

――また言われちゃった。里帆は積極性が足りないって。

――里帆は人の顔色を見すぎるからなあ。真帆のほうはそんなことないのに。

――真帆は叱らなきゃいけないことが多いけど、子どもらしくのびのび育ってると思えば、かえって安心かも。

　里帆はショックを受けた。お父さんもお母さんも真帆のほうが好きなんだと思った。それに先生も。私のほうがいい子なのに。一生懸命やっているのに。大人はいつも里帆を褒めるくせに、あれは嘘なのか。だいたい、里帆がこんなふうになったのは真帆のせいでもある。なのに真帆のほうがいいなんて不公平だ。そんなの、ずるい。真帆は、ずるい。

　長ずるにつれ、里帆は自然に学習していった。どの場面でどう振る舞うべきか、目の前の相手が自分に何を望んでいるか、すばやく把握し、そのとおりに行動する技術を身に付けた。いい子であるだけではいけない。里帆は状況次第でどんなキャラクターにもなることができた。大人からかわいがられ、男子に好かれ、しばしば特別扱いを受けたのは、当然の結果だった。

それが真帆にはおもしろくなかったようだ。自分がそういう気遣いをいっさいしていないことを棚に上げて、真帆は里帆を妬んでいた。それでも、ちくちく意地悪をされるくらいのことなら、無視していられた。腹は立ったが、くだらない人間だと心のなかで見下してやり過ごせたし、その気になれば何倍も効果的な方法でやり返すこともできた。たとえば、真帆が額のニキビを気にしているのを知っていて、さも気の毒そうにこう言ってやるのだ――なんでだろうね。こんなに同じなのに。

実のところ、自分たちが似ていると思ったことはない。仲のいい夫婦の顔が似てくるというなら、逆も然りだろう。いつからか里帆の目には、真帆の顔がイボガエルにしか見えなくなっていた。額のブツブツが消えても、それは変わらなかった。真帆の人相には、醜くて愚かな内面が表れている。

そんな真帆になぜたくさん友達がいたのか、不思議でならない。双子の里帆と真帆は常に別々のクラスだったが、大勢でわいわいやるのが好きな真帆は、しばしば里帆の教室にも現れて、おしゃべりに興じたり弁当を食べたりしていた。そのとき里帆にはけっして話しかけず、友人たちとともに笑いまじりの嫌な視線を投げてくることが、里帆を傷つけた。逆に真帆が傷つくことがあると、なぜか里帆のせいになった。男子の人気投票で真帆の順位が低かったとき。真帆が化粧をして職員室に呼び出されたとき。女子はみんな真帆の味方だった。多数派の女子たちは自分たちと違う個性を持つ同性を簡単に悪と決めつけた。彼女らはそう思っていなかったかもしれないが、あれは明確ないじめだった。にもかかわらず、真帆は自分こそが弱者で被害者で悲劇のヒロインであると信じて疑わず、人前で大げさに泣いた。

ほぼ三年間、あんな目に遭い続ければ、誰だって逃げたくなるに違いない。死のうとしなかっただけ、自分は勇敢だったと里帆は思う。

東京の高校へ行きたいと両親に頼んだ。真帆の同類がうようよいる地元にはいたくなかった。両親は反対したが、彼らの考えを変えるにはどう振る舞えばいいか、里帆は知り尽くしていた。ずっと隠していたいじめのことを涙ながらに打ち明けるのは、ここだった。かくして里帆は、姉からの一方的な嫉妬の檻から脱出することに成功した。

実家を離れてから初めて帰省した正月、久しぶりに顔を合わせた真帆は、嫉妬にぎらつく目で、出し抜くチャンスはないかとばかり卑しげに里帆を盗み見ていた。伯母の機嫌を取るためにしかたなく着ている重くて古い振袖が、真帆の曇った目にはさぞや輝いて見えたのだろう。初詣に行った神社で手を合わせたとき、熱心に何を祈っていたのか。だいたいの想像はつく。

そのとき、里帆もまた熱心に祈っていた。

真帆が死んでくれますように。

罪悪感はみじんも覚えなかった。翌年もその次の年も同じことを祈り続けたが、効果はなかった。

それどころか、大学進学を機に真帆もまた東京に出てくることになった。真帆の執念にはまったく恐れ入る。二年という月日は、彼女を少しも成長させなかったらしい。期待はしていなかったが。

真帆とのふたり暮らしは苦痛そのものだった。なるべく穏やかな態度を心がけたが、真帆の無神経さは里帆の神経を常に逆なでした。象徴的だったのは、冷蔵庫を卵入りの惣菜でいっぱいにされたことだ。里帆は昔から、卵に軽いアレルギーがあった。真帆が知っていてやったのならひどい嫌がらせだし、知らなかったのならその鈍さは許しがたい。

それらをごみ箱にぶちまけた瞬間、里帆の目からは涙がこぼれていた。真帆と離れてからは、いつもそこそこ幸せだったのに。このときも真帆は自分の涙に視界を覆われて、里帆の涙など見えていなかったに違いない。

おまけに同居を始めてしばらくたつと、真帆は里帆の持ち物を無断で使うようになった。恐るべき泥棒根性だ。おめでたい真帆はばれていないと思っていたようだが、里帆が追及しなかったのは、話をしたくなかったからに他ならない。話が通じる相手ではないのだから。里帆は絶対に使われたくないものは鍵がかかる場所に保管することにした。真帆はそうとも知らず、うまくやっているつもりで、里帆が恵んでやったものをほくほく顔で使っていた。おこぼれを身に着けて、いそいそと合コンに出かけていた。なんというみじめさ。そう考えると、少しだけ気が晴れた。

　昔からそうであったように、里帆は大人数でにぎやかに遊ぶような場は好きではなかった。それに、遊ぶよりもやりたいことがあった。アナウンサーになって、ゆくゆくは報道番組のキャスターになりたい。そう思い始めたのは、中学生のころだ。動機は自分でもよくわからないが、高校進学と同時に東京へ出ることを望んだのは、将来を考えてのことでもあった。

　とはいえ、アナウンサーを目指すには、里帆の学歴や肩書きでは不足だった。不足を補う方法は努力しかなかった。里帆は容姿を磨き、語学や教養を身につけ、ミスコンに出場して箔（はく）をつけ、ボランティアなどの活動に勤（いそ）しんだ。コネと呼べそうなものには、それがどんなに細い糸でもしがみついた。そうやって必死の思いでテレビ局への入社に漕ぎつけたものの、むしろ努力が必要なのはそれからだった。上に行けるのはひと握り。ライバルは自分と同等かそれ以上に美しく優秀で、年齢にも幅がある。さらなる努力に加えて、我慢しなければならないことも増えた。パワハラにセクハラ、本心を隠して周囲とうまくやること。処世術には長けているつもりでいたが、甘かったと痛感させられた。里帆は努力し、我慢した。そのなかには、ひそかに他人を蹴落とすことや女を使うことも含まれた。一方で、世間に好感を持って受け入れられるよう、イメージ作りには過剰なほどに気を配った。

お天気キャスターの打診を受けたときの喜びは、言葉ではとても言い表せない。いよいよキャスターと名のつくものになれる。もっと努力しよう。もっと我慢もしよう。つらくても、人に恨まれても、睡眠薬やその他の薬が手放せなくても、がんばろう。

そう気合いを新たにした矢先のことだ。

——あんたでしょ。

問いつめる自分の声は、ショックのあまりひどく震えていた。顔色も真っ青だったことだろう。里帆が突きつけたスマホの画面を、真帆はうっとうしげに見た。そこに表示された、インターネットの記事を。

『弓野里帆アナ　夜ごと合コン三昧で乱痴気騒ぎ』——居酒屋に集まった男女の写真が掲載されており、そのなかでひとりの女の顔にだけモザイクがかかっていない。里帆の顔をした彼女は、したたかに酔っぱらい、男の膝の上に座って笑っている。

真帆は一瞬うろたえたようだったが、すぐに開き直った態度で言った。

――里帆のふりして合コンに行くと、笑っちゃうくらいちやほやされるんだよね。そもそもセッティングの時点で、会場も相手のレベルも上がるし。

――やっぱり……。

上司に呼ばれて記事について問いただされたとき、里帆は最初、何が何だかわからなかった。さてはと思い当たり、これは双子の姉だと懸命に弁明した。しかし記事には、彼女がみずから弓野里帆と名乗ったと書かれており、世間がどう受け取るかはわからないと上司は言った。上司自身がどう受け取ったのかもわからなかった。仮に君の言葉が真実だとしても、という言い方を彼はして、姉妹仲がそんなふうではお天気キャスターのイメージに合わないと続けた。つまり就任の話は取り消しというわけだ。

――あんたのせいで……。

喉が詰まって先を続けられずに、里帆は真帆をにらみつけた。社会人になってから、数年ぶりに里帆と同じ髪型にした真帆を。メイクも似せているし、スタイルも近づけようと苦心しているのを知っている。真帆がすずめの涙のような給料を注ぎこんで美容グッズを買いあさり、せっせとジムやエステに通うのを、里帆はひそかに嘲笑っていた。そんなふうに張り合ったって無駄なのに。中学のときの人気投票で差がついたように、内面からにじみ出るものは隠しきれない。あんたはしょせんイボガエルの真帆なんだから。

——弓野里帆のふりをするのは簡単だったよ。もともと見た目も声も同じだし、あんたの趣味とか好みは、ネットで過去の発言をあさればある程度わかるしね。合コンの相手なんて初対面がほとんどでしょ。お酒も入ってるから、偽者だなんてだーれも気づかないの。

——なんでそんなこと。何がしたいの。

——だって気持ちいいじゃん。イケメンに見え透いたおべっか使われるのも、私よりランクが上ですって感じの女たちに嫉妬されるのも。あんたはずっとそれを味わってきたんでしょ。私は自分の力でシンデレラになるの！

べらべらと語った真帆の顔は、永遠に忘れないだろう。真帆は勝ち誇ったように笑っていた。興奮に頰は染まり、目は輝き、小鼻がかすかに膨らんでいた。

私はこれと同じ顔をしているのか。別人だと誰も気づいてくれなかったのか。こんなのと同じだなんて。

絶望した。同時に、決意した。

真帆を殺そう。

里帆は恋人の健介にそれを伝えた。同い年の作家志望の男で、今のところは食品の宅配サービスのアルバイトで生計を立てている。実生活には役に立ちそうにない豊富な知識と、先進的な価値観と、リベラルな思想の持ち主だ。半年ほど前、里帆がひとりでカフェにいたときに、彼のほうから声をかけてきた。意気投合して、すぐに交際に発展した。

――死んでくれたらいいのにね。

里帆が初めて真帆のことを話したとき、健介が言った言葉だ。どんなにひどい状況でも人の家族について普通なら言わないことを、彼は軽やかに口にした。里帆は驚き、喜んだ。それこそが里帆の欲しかった言葉だった。

その言葉が変化するのに時間はかからなかった。

――殺しちゃえば？

それもやはり里帆の望んだ言葉だった。やるなら協力するよ、とも健介は言った。お安い御用とばかりに。

さらに健介はこうも言った。

――真帆を殺して、里帆が真帆になり代わったらいいんじゃない？

キャスターになる夢のために里帆が無理を重ねていることを、健介は知っていた。里帆はその苦しみを、彼にだけは隠さずに吐露していた。もうやめたいと漏らしたことも一度や二度ではない。人生をやり直せたらと、たくさんのイフをうっとりと語ったこともあった。しかも、そうまでして目指した未来が、今や閉ざされようとしている。この先どんなにがんばっても、悪いイメージはつきまとうだろう。キャスターをあきらめて別の道を選んだとしても、なまじ有名になったせいで、悪評からは逃れられまい。健介の提案はそれを踏まえてのものだった。

――弓野里帆をやめれば、断ち切れるよ。

その言葉が、驚くほど魅力的に響いた。なるほど真帆の人生はつまらないが、悪いものがぶら下がってはいない。ゼロであってもマイナスでないだけ、里帆の人生よりましでは？　真帆になるなんてぞっとすると、最初は思った。だが健介と会話を続けるうちに、それもありなんじゃないかという気持ちがしだいに芽生えていった。

健介の仕事は早かった。里帆が決意を伝えるやいなや、あれよあれよという間にお膳立てが整った。交通事故を装うと彼は言い、加害者となる運転手と車を用意した。金さえ払えばそれを引き受ける人間はいくらでも見つかるのだという。里帆は金を健介に渡すだけでよかった。

誤算だったのは、自分で仕組んだその事故に、里帆も巻きこまれてしまったことだ。しかも肝心の真帆は死ななかった。里帆にとっては文字どおりの骨折り損になるところだったが、ここでまた予想外のことが起きた。里帆は一時的な記憶喪失に陥り、記憶が戻ったときには、真帆になっていたのだった。真帆が里帆だと名乗ったために。

驚いたが、常に里帆をうらやんで里帆のふりまでしていた真帆なら、やりそうなことだと納得もした。里帆が捨てるつもりだった人生を拾い、盗んでやったつもりでいい気になっている真帆。彼女はいつもそんなふうだったと思うと、おかしさがこみ上げた。それから、入れ替わりなんて突拍子もないことをほとんど同時に考えていたなんて、自分たちは似ているのかもしれないと初めて思った。

こうして、思いがけない形で双子の入れ替わりが成立した。里帆は記憶が戻っていることを隠し、自分を真帆だと信じている芝居を続けた。事故のあと、健介はひそかに会いに来て、自分との連絡用にと新しいスマホをプレゼントしてくれた。

真帆としてリスタートした人生は、けがのせいで思うように動けないことを除けば、おおむね快適だった。何者でもない毎日は、驚くほど自由だった。何を着てもいいし、どこへ行ってもいいし、誰と会ってもいい。真帆がやっていた販売員の仕事はやめたから、次はもっとおもしろそうな仕事に就こう。自分なら何でもできると思えたし、未来のことを考えるとわくわくした。空が広く見えて、飛べそうな気がした。

真帆の殺意を察知したのは、春の足音が聞こえてきたころだった。入れ替わりは誰にも気づかれず、近所なら松葉杖をついて出歩けるほどに体は回復し、すべては順調に思われたが、真帆にとっては違ったようだ。どうやら、里帆の記憶が戻ることに怯えて気を抜けない生活に、耐えられなくなったらしい。だから本物の里帆を殺して口を封じてしまおうとは、自分勝手で単純な彼女の考えそうなことだ。

そっちがその気なら、と里帆は考えた。

――あいつの計画を逆手にとって、返り討ちにしてやるつもり。ずっと命を狙われ続けたら迷惑だし、死んでほしい気持ちはこっちも同じだしね。あいつが里帆として生きていくのって、長く大切に住んだ家をごみ屋敷にされるような気分。

話を聞いた健介は、今度も簡単にうなずいた。

――いいね、手伝うよ。

――リハビリのために階段の上り下りをやろうって、こないだから誘われてるの。何かあったら大変だから、ふたりで一緒にって。見え透いてるでしょ。

――階段の上で背中をドン、か。事故ってことにできるね。

――誘いに乗ったふりをして、こっちがドン。どうかな。

――里帆、できる？　俺がやろうか。

――里帆じゃなくて真帆ね。

健介がしばしば名前を呼び間違えることは、里帆にとって、新たな人生における小さなストレスのひとつだった。指摘するたびに健介は謝り、気をつけると言うのだが、なかなか改善されない。

だがその一点を除けば、健介は完璧にやってのけた。里帆になった真帆は、自宅マンションの階段から転落して死亡した。真帆になった里帆と、その恋人である健介は、おおいに取り乱しながら事故の状況を説明し、葬儀では涙さえ流してみせた。

こうして、里帆が消え、真帆が残った。

実際には、真帆が消え、里帆が残った。

里帆は秘密を抱いたまま、真帆として生きていく——はずだった。

足の指が痺れるような感覚を覚えて、里帆は履いていたパンプスを脱いだ。素足で玄関の床に立ち、その靴を見下ろす。九センチのピンヒールの、ゴールドのパンプス。真帆が注文したオーダーメイド。

真帆が靴店からの電話に出ないように言ったのは、足型から他人だとばれるのを恐れたからなのだろう。真帆にしては考えたものだ。

それにしても、オーダーメイドだなんて。一年くらい前に金を貸せと言ってきたのは、身の丈に合わない買い物をしたせいだったのか。どうせ返すつもりはなかったに違いないけれど。真帆は自分をシンデレラにたとえていたが、「いじわるな姉妹」に寄生するシンデレラなんていない。

さっきこの靴を見たときは、真帆には分不相応すぎて笑いそうになってしまった。引き取りに行かなかったのは、単にずぼらだったからだろうが、そもそもこんなすてきな靴、あの子に似合うはずないのに。

……でも、本当にそうなのだろうか。

靴職人の言葉がなぜか頭から離れない。

——履けば履くほど、あなたの靴になりますから。

これは真帆の靴だ。真帆のためだけに作られた靴。

足の指がまだ痺れている。私の靴じゃない。

里帆は部屋に戻ってスマホをつかむと、裸足のまま玄関を出た。共用廊下をぺたぺたと歩いて、階段の上に立つ。使用中止のテープが張られている。真帆が人生の最後に立った場所。背中を押した感触はもう忘れてしまった。ただひどく手が冷たい。

里帆は健介に電話をかけた。

「どうしたの、里帆」

「真帆!」

かっとして大きな声が出てしまった。健介は驚いたようだ。

「ごめん。……何かあった?」

里帆は自分が今にも泣き出しそうなことに気づいた。最近よくこんなふうになる。たぶん里帆として死んだ真帆の葬儀のあとくらいから。

葬儀の直前まで、両親は棺に縋って里帆の名を呼んでいた。特に親しいとは思っていなかった知人も、葬儀に参列してくれていた。弓野里帆の死が小さく報道されると、応援していたというSNSの書き込みをちらほら見かけた。それらは自分が捨てたものであり、永遠に失ったものだ。

代わりに手に入れた真帆の人生は、最初に感じたほど自由なものではなかった。就職も思うようにはいかないし、注目も称賛もされない毎日というのはその逆と同じくらい息苦しかった。誰か私を見て。私を認めて。ときどきそう叫びたくなる。何よりも、どんなに地味で平凡な人生にも努力と我慢はつきものだと知った。

真帆と入れ替わって、私は何を得たのだろう。そう考えてしまうのが恐ろしい。だから、ポジティブな思考で常に頭をいっぱいにしておかなくてはならない。胃が破れそうなのに、無理やり食べ物を口に詰めこみ続けるみたいに。

「健介が元の名前を呼ぶたびに、ひやひやして生きた心地がしないの」

「だからごめんって。本当に気をつけるから」

「いっそもう、やめちゃおうかな」

「え?」

「秘密を抱えて生きていくのがこんなに苦しいなんて思わなかった」

「それってまさか、自首するって意味? 待って、ひとまず冷静になろうよ。俺、いま外だから、これからそっち行くよ」

健介の慌てた声を聞くと、なぜか裏腹に里帆の心は落ち着いていった。ただ彼と話したくて電話をしただけで、その時点では何の考えも持ってはいなかったが、なるほど自首するのもいいかもしれないと今は思う。というより、そうしたくなっている。巻きこんでしまった健介には申し訳ないけれど、すべて打ち明けて楽になりたい。本当はきっと、ずっと前から望んでいたのだ。

「ごめん、私には無理だった」

他人の靴を履いて歩き続けることはできそうにない。

電話の向こうでしばらくの沈黙があった。通信障害を疑ったとき、再び聞こえてきた声に、里帆は戸惑った。

「なーんだ、やっぱり双子だな」

「え?」

「君も死んだ姉と同じくらい、弱くてつまらない人間だったってわけだ」

いったい何を言っているのだろう。それにこのしゃべり方。いつもの健介じゃない。

「この際だから教えてあげるよ。俺は君に会うより前に、死んだ真帆と合コンで会ってたんだ。彼女は里帆と名乗ってたけど、違和感があったから弓野里帆について調べて、双子の姉妹がいることを知った。それから本物の里帆、君に接触したってわけだ。憎み合う姉妹のドタバタ劇、堪能させてもらったよ。君ときたら、俺に誘導されてるとも気づかず、するっと殺人までやっちゃうんだから。本当の名前を呼んだり、真帆から聞いてた靴屋に君を連れていったりしたのも、わざとだよ。反応を見るのが楽しくて。人間っておもしろいよね。俺、やっぱ人間が好きだわ。それっていい作家になる条件だと思うんだ。だから犯罪者になるわけにはいかない。本当はもうしばらく楽しませてもらいたかったけど……」

電話から聞こえていた車の走行音が消え、自転車を停める音がして、さらにピッピッピッピッと電子音が聞こえた。健介は自転車で道路を走っていて、今、どこかの建物の電子ロックを解除して中に入ったのだ。機械がうなるような音。エレベーターだろうか。これは電話越しの音じゃない？

エレベーターを見ると、階数表示ボタンが点灯していた。上がってくる。ここへ。

ドアが開き、スマホを耳に当てた健介が現れた。

「そこにいたんだ、里帆。いや、真帆。ちょうどよかった」

口封じ

乃南アサ

1

天井から宙吊りになっているレールはミニチュアのモノレールみたいに見える。けれど、そのレールから下がっているのは、人の乗る箱ではなく、人を隠すための、ところどころに染みの出来ている黄ばんだカーテンだった。

そのカーテンの向こうには年老いた病人特有の匂いが満ちている。老人は、枕元に千羽鶴や果物の入った籠を飾ったまま、冷え冷えとした痩せた肉体を横たえていることだろう。

「太田さん」

カーテンの隙間から顔を入れると、太田はつぶっていた目をぼんやりと開いた。声をかけたのが孝枝だと分かった途端、少し青みがかってきている眼球に戸惑いが走る。

二十分程前に始めたばかりの点滴の針が、太田の痩せた腕に刺さっているのを認めた上で、孝枝はポケットから紙絆創膏を取り出した。

「少し歩く練習をした方がいいわよ」

看護師がちゃんと固定してある針の上から、さらに紙絆創膏をぐるぐると巻きながら孝枝が言うと、太田の顔が微かに引きつった。

「ね、寝たままでいたら、本当にぼけちゃうんだから。今度この病院に来る時には、それこそおむつまでしなきゃならないかも知れない」

太田は病のせいで年老いて見えるが、本当はまだ六十を過ぎたばかりであることを、孝枝は知っている。社会に出れば、それなりの地位にある人かも知れないが、ここにいる時は、ただの気の弱い病人に過ぎない。

「さ、立って」

背中の下に手を入れて上体を引き上げると、痩せた身体は大の男とも思えないくらいに簡単に起き上がった。

本来なら綺麗に櫛目の通ったロマンス・グレーの髪なのだろうが、今はぼさぼさに乱れ、病人の頭は脂気を失ってみすぼらしいだけだった。ずっと枕に当てているので、後頭部のおかしなところで髪が分けられて、上半分は駝鳥の頭のように毛がはね上がってしまっている。

「さあさ、散歩していらっしゃいよ」

「私は点滴中なんですよ」

「大丈夫だってば。これを、いい？」

太田は胃潰瘍の手術の後で、まだ体力も回復していない。孝枝は、百均で売られている三百円の口紅を塗った唇を歪めて見せて、点滴の容器を手に取る。

「自分の腕よりも低い位置に置いたら、駄目なんだからね。いい？」

孝枝はわざと容器を太田の腕よりも低い位置に下げて見せた。注入されていた薬が逆流して、代わりに血液が点滴のチューブに流れ出る。太田は顔を引きつらせて、片方の手でそれを制した。

「ね？　分かった？　だから、片方の手で、高く掲げて歩くのよ。じゃあ、行ってらっしゃい。ああ、そうか。このスタンドを押したまま、行きゃあいいのよね」

家族が持って来た革のスリッパに、案外清潔にしている足を入れてやると、太田は小さく溜息をつきながら、おぼつかない様子で立ち上がろうとする。

「なあに、その溜息」

孝枝は自分よりも背の低い太田を見下ろしながら、相手から目を逸らさずに低い声を出した。

「いいや。ああ、ガウンを――」

「寒くないわよ、大丈夫。第一、点滴してるんだから袖が通らないでしょうが。そのくらいのこと、分かるでしょ」

「ああ、じゃあ」

太田は孝枝の胸のあたりを力なく眺めていたが、やがて孝枝の手から点滴の容器が下がっているスタンドを受け取ると、そろそろと歩き始めた。

「――少しは運動しないとね。元気が出てきたらお尻くらい触らせてあげるからさ」

痩せた後ろ姿に声をかける。頷いたのか、俯いたのか分からないが、太田はダブダブのパジャマの襟元から筋ばった首を覗かせ、頼りない後ろ姿を見せて、片手でスタンドを押しながら、ゆっくりと病室から出て行った。

カチャンとドアが閉まるのを確認してから、孝枝は宙吊りになっているカーテンをきちんと引いた。ここは二人部屋だが、もう一つのベッドは、患者が死んだばかりでまだ空いている。個室ほどではないが、それでも六人部屋などに比べれば、ずっと費用のかかる部屋だ。本当ならばカーテンなど引く必要もないかと思うのだが、そこは一応のカモフラージュというつもりだった。

枕をぽんぽんとたたいて形を整える。毛布をめくって、シーツの上に敷かれている大判のタオルの皺をのばす。

それだけを手早くやってしまうと、孝枝はサンダルを脱ぎ捨てて、整えたばかりの太田のベッドにもぐりこんだ。病人の匂い、薬の匂い、歳は取っていても男の匂いが入り交じって、決して快適な寝床とは言えないが、そんなものにはもう慣れていた。

太田は、素直に病棟の廊下を往復していることだろう。ここで孝枝を怒らせでもすれば、食事の時にでも、また嫌な思いをしなければならないことは百も承知のはずだ。

何しろ相手は病人で、どんなに腹が立ったとしても付添婦がいなければ何も出来ない。文句を言いたければ、言えば良い。だが、完全看護のこの病院で、付添婦を怒らせたらどういうことになるか、太田は入院してきてすぐに思い知ることになったはずだ。

最初の頃こそ、他の付添婦に替えろと言っていたらしいが、そんなことをすれば余計に痛い目に遭(あ)うのは自分自身なのだということが、今では充分過ぎるくらいに分かっている。

第一、孝枝以外の付添婦に替わったとしても、結果的には大差がない。むしろ、まだ若い分だけでも孝枝の方が良いに決まっている。

孝枝は大きなあくびをすると、たくし上げてごろごろとしていたカーディガンの袖を下ろして、糊(のり)のきいたカバーをかけてある毛布を顎(あご)まで引き上げた。とにかく眠くてたまらなかった。昨夜、ついついカラオケに熱を入れすぎたのがまずかったのだ。まるで地面の底に引きずり込まれるように、意識が遠退(の)いていく。足元から少しずつ力が抜けて、全身を心地(ここち)良い温(ぬく)もりが包み始める。病室の廊下をストレッチャーか何かが移動しているらしい音でさえ、遠く、子守歌の響きに聞こえて来た。

「嫌だわ」

囁く声が聞こえるような気がした。

「ちょっと、伊原さん、起きなさい」

ほら、また。うるさいってば。

「伊原さん」

肩を揺すられて、今度こそ本当に目が覚めた。だが、見えているのが婦長の顔だと分かるまで、それでもまだ孝枝はぼんやりとしていた。すっかり自分の家の、自分の布団で眠っているつもりだったのだ。

孝枝は何度も目をしばたたきながら、婦長に見下ろされていた。

「困るって言ったでしょ、こういうことされたら」

「――」

「患者さん、点滴の途中だし、まだ安静にしていなきゃいけないのよ。病人を無理やり起こして、代わりに付添婦が寝てるって、どういうこと」

もう四十をとうに過ぎている婦長は、顔じゅうに寄っている皺に白粉を塗りこめた顔で孝枝を睨んでいる。

孝枝は、心の中で舌打ちをしながら、ゆっくりと上体を起こした。太田が婦長に言いつけたのに違いない。こういうことをしたら、後でどういう目に遭うことになるか――思い知らせてやる。あの死に損(ぞこ)ない。

「だいたいね、あなたがたは患者さんの身の回りの世話をしていればいいの。同じ病院にいるからって、自分までドクターや看護師の仲間入りをしたと思わないで。患者さんには何の指示も出来ないのよ、ただの素人(しろうと)なんだから」

分かってる。そんなこと。孝枝はぐずぐずと毛布をはいで、膝を曲げると爪先(つまさき)によれてきていたソックスを引き上げた。ちらりと婦長を見ると、死んだ魚のような感情のない目が、孝枝のスカートから出ている足を見ている。

――女もこうなったらおしまいじゃない。偉そうにしてたって、白衣を脱いだらただの化粧の厚いクソババアのくせに。

「のろのろしていないで、早く起きて」

婦長は押し殺した太い声で言う。孝枝は両手で髪を撫(な)でつけながら、心持ち顎を上に向けてベッドから足を下ろした。

「それにしても、点滴中の患者を無理やり立たせるなんて。太田さんは、抜糸(ばっし)がすんで間もないのよ」

履(は)き心地の悪いサンダルは、ひんやりと硬(かた)く感じられる。それにしても、太田という奴は、まだ孝枝の恐ろしさに気付かずに、こういう真似（まね）をするのかと思うと、孝枝は今すぐにでも太田の首を捻（ひね）り上げたくなってくる。

「そうそう、それから、いい？　太田さん、最初は何も言わなかったのよ。『いいんです、いいんです』の一点張り。あなた、患者さんにどういう接し方してるか知らないけど、うちの病院の評価を落とすような真似だけは、やめてよね」

あくびが出そうになるのを堪（こら）えながら立ち上がると、婦長はいかにも憎々しげに孝枝を睨みながら、吐き捨てるように言った。

「人手不足だから、仕方がないから続けさせてやってるのよ。今度こういうことがあったら、これじゃすまされないわよ、いいわね」

孝枝は返事の代わりに視線を逸らしたまま顎をしゃくり、相変わらず髪を撫でつけながら病室のドアに近付いた。

後ろから婦長の言葉が被（かぶ）さって来るかと思ったが、その代わりにナース・シューズがミシュ、ミシュと床を踏んでついて来るだけだった。

2

孝枝はもともと、好きで病院の付添婦などやっているわけではない。それどころか、看護師になるつもりさえ持ち合わせてはいなかった。病院なんて、学校の次に大嫌いだ。

小学校を出る前からグレ始めて、中学に入るとすぐに髪を染めた。中二の夏休みには一人目の子どもを堕ろして、その時は近くの高校生グループが相手だったからはっきりとした父親は分からないが、次に子どもを堕ろした時には、暴走族の男が相手だった。

ふと、高校くらいは行きたいと考えるようになって、三年の二学期に、久しぶりに授業に出た時には、もう何も分からなくなっていた。

片方の耳にピアスの穴を三つ空け、もう片方に二つ空けて、髪を金色に染めパーマをかけている孝枝に、級友はおろか、教師たちもろくろく口をきいてはくれなかったし、内申書も満足に作ってはくれなかった。

「手遅れだな」

せいぜい五回か六回くらいしか会ったことのない担任は、表情を変えずにそう言った。結局それが原因で孝枝は高校進学を諦めなければならなかった。それどころか、専門学校、専修学校にも進めない。ではと思って就職先を探したが、暴走族上がりのツッパリをどこも雇ってくれるところはなかった。

この前まで、肩で風を切って、怖いものなしで歩いていた自分が、その辺の大人よりもよほどいろいろな経験を積んでいると思っていた自分が、誰にも相手にされないことを知って、孝枝は愕然となった。

ちょうどそんな時に、武夫と再会した。

二人目の子どもの父親だった武夫は、ゾクを抜けて鳶の見習いをしていた。脱色した髪はそのままだったし、シンナーでぼろぼろになった歯も相変わらずだったが、それでも真面目に働いているらしかった。

結局、どこも雇ってくれるところがなくてパチンコ屋の店員になっていた孝枝の前に武夫が立った時、二人で照れ笑いを浮かべあったことを孝枝は今でも覚えている。

孝枝がまたも妊娠した時、武夫は孝枝にプロポーズをした。孝枝はもう十六になっていたし、武夫も十八を過ぎていた。何よりも、汚なくて狭苦しいパチンコ屋の寮から出たかった。これまで、大して親らしいこともしてくれたことなどなく、口を開けば「恥さらし」「親の足を引っ張るな」などと言っていたくせに、いざ結婚するとなると、どちらの身内も「これで落ち着くだろう」と喜んだ。

生まれた女の子は夕佳と名付けた。この子は武夫に似ていた。その二年後には拓磨が生まれ、この子は孝枝に似ている。

いつになったら可愛いと感じるようになるだろうかと、自分の内の変化を待ったが、孝枝はいつまでたっても子どもを可愛いとは思わなかった。それどころか、孝枝の行動の手枷足枷になるばかりの二人を時々心の底から憎らしいと思う。

子どもが少しでも大きくなったら、孝枝はすぐにでも働きに出たいと思っていた。ブティックか、化粧品店か、またはスナックでも良いと考えた。

けれど、父親にそっくりで、子どもの頃は「さる、さる」と言われた孝枝の容貌と、身長ばかりがやたらと高くて、後ろから見ると男のようないかつい体型のことを考えると、とてもブティックという感じでもない。それに第一、武夫が派手な職業を嫌った。

職場に男がいなくて、堅実で、借りている長屋式のアパートから近く、しかも中学を卒業した程度の学力もない孝枝に勧められる場所は、いよいよ狭められた。その結果、付添婦になるより他に方法がなかったのだ。

最初のうちこそ、家政婦紹介所に登録していろいろな病院に派遣されたが、武夫が遠い場所を嫌ったし、たまたま歩いて行かれる今の病院が個人的に契約してくれると言ったので、以来、孝枝は同じ病院に勤めている。

とにかく子どもや家庭から離れたい一心で、孝枝はよく知りもしない職場に飛び込んだのだった。それが、拓磨が二つになった時だから、かれこれ六年前になる。その時、孝枝は二十歳だった。

3

都心に比べると、この辺り(あた)はまだ多少のんびりとしていて、長屋ふうの建物が少しは残っている。孝枝たちが住んでいるのも二軒長屋の片方で、広い敷地の中にまったく同じ建物が六棟建っていた。敷地内は私有地だから、当然建物と建物の間には垣根もなければ、舗装された通路もない。

電気が点(つ)いているのにノックをしても誰も出ないので、孝枝が仕方なくドアの前で、玄関の鍵を探して荷物をがさがさとかき回していると、ザリッという音が聞こえた。

砂利(じゃり)を踏み固めた狭い道の上に、細長い影が出来ている。片手をビニールのバッグに入れたままで振り返ると、女の細いシルエットが立っていた。

ちょうど電柱を背にしているので、逆光になっていて顔は分からないが、その影は振り向いた孝枝に向かってゆっくりと歩いて来た。

「今、お帰りですか」

やがて影はそう言うと、孝枝の前で立ち止まった。

孝枝はその声を聞いただけでうんざりして、小さく息を吐き出しながらバッグから手を引き抜いた。

「夕佳が、また何かやりました?」

「そのことで、お戻りになるの、待っていたんですよ」

案の定だ。咄嗟に、孝枝は口の中で「あの、バカ」と呟いていた。

さっきノックした時には誰も出なかったのに、その時になって内側から鍵を開ける音がして、細く出来た隙間から、拓磨の顔がのぞく。

「ノックしたらすぐに出ろって、言ってるでしょ!」

孝枝はそのドアを強く引きながら大きな声を出した。奥の六畳からはテレビアニメの音声ががんがんと響いている。

「テレビ、小さくしろっ」

孝枝が再び怒鳴ると、父親のサンダルを踏みつけて三和土に立っていた拓磨は、転がるようにして奥の部屋へ引っ込んだ。

「どうぞ」

乾いた北風に吹かれながら、外で立ち話をするつもりはなかったから、孝枝はさっさと靴を脱ぐと玄関の外に立っている影に声をかけた。

「お疲れのところ、すみません」

影はそんなことを言いながら、足の踏み場がないくらいに履物の散らばっている玄関におずおずと入って来る。そして、漸くその姿を現わした。夕佳と同じクラスの、村田奈緒の母親だった。

「今度は、何でしょう」

「ええ――」

奈緒の母親は困った顔のままで、手を擦りあわせている。

「奈緒が、すっかり混乱してしまって。このままでは学校に行かれないと言うものですから」

三十をどれくらい過ぎているだろう。孝枝よりは十歳は年上という感じの奈緒の母親は、困ったような笑みを浮かべて、小首を傾げている。

「いえ、夕佳ちゃんが、直接奈緒になにかをしたわけじゃないんです」

「じゃあ、どういうことです」

孝枝は音量の小さくなったテレビの置かれている部屋に向かって「灰皿!」と怒鳴った。少しすると、ばたばたと音がして、拓磨が灰皿を持って来た。

バッグから煙草入れを取り出し、一本火を点けると、孝枝は煙と一緒に深々と息を吐いた。

「手短にしてもらえません?」

「あ、ごめんなさい。それで、あの」

煙草を挟んだままの手の親指で顎を支えて奈緒の母親を見上げると、女は慌てたように落ち着きなく目を動かした。

孝枝はいつもの癖で、多少目を細めながら、唇の左半分に隙間を作って煙を吐き出した。

「夕佳ちゃんは、奈緒が他のお友達と仲良くしていると、そのお友達の方をいじめるらしいんですよね」

「やきもちでしょ」

「でも、奈緒と仲良くすると夕佳ちゃんにいじめられるからって、誰も奈緒と遊んでくれなくなってしまって」

「夕佳は奈緒ちゃんが好きなんですよ」

「でも、いろんなお友達と仲良くしたほうがいいと思うんですよね」

「まあ、そうでしょうね」

孝枝が頷くと、奈緒の母親は勇気をふり絞るように孝枝と視線を合わせた。パーマをかけた髪は綺麗にセットされていて、ピンクのモヘアのセーターは、彼女の色白の顔によく似合っている。若さという点では、孝枝にかなうはずがなかったが、おっとりとした雰囲気は、まるで女子大生のような印象を与える女だった。

「夕佳ちゃんだって、奈緒以外のお友達とも仲良くしたほうがいいと思うんです」

その時、鍵をかけずに閉めてあった玄関がすっと開いて夕佳が帰って来た。夕佳は奈緒の母親を見上げても何を言うでもなく、ただ無表情のまま立っている。

「あんた、また友達をいじめてるんだって？」

奈緒の母親が困った顔になって壁際に身を寄せた。孝枝はフィルター近くまで吸った煙草を灰皿に押しつけながら夕佳を睨んだ。

「ええ？　どうなのさ」

孝枝は素早く身を乗り出すと、口を尖らせて膨れっ面になっている夕佳の腕を思い切り引き寄せた。夕佳は咄嗟にバランスを失って、散らばっていた履物を余計に蹴散らした後、上がり框に膝をついた。

「何度言ったら分かるんだよ！　そのたんびに頭下げて歩かなきゃならないのは、こっちなんだからねっ！」

左手で、吊りスカートから出ている腿を叩くと、夕佳は「いてえっ」と叫ぶ。壁に張りついたままの奈緒の母親は、顔を引きつらせてその様子を見ていた。

「お前みたいなガキは、夕飯はやらないよっ。出て行け！」

繰り返し腿を叩きながら怒鳴りつけてから、孝枝は夕佳を突き放すように立たせた。夕佳は頬を紅潮させたままで孝枝を睨み、それから上目遣いに奈緒の母親も睨みつけている。

「夕佳ちゃん、あのね――」

奈緒の母親が言い終わらないうちに、夕佳はさらに靴を蹴散らして、入って来たばかりの玄関を飛び出して行った。

「これで、いいですか」

孝枝が言うと、奈緒の母親は泣きそうな顔になっている。

「何も、あんなふうに――」

「だって、夕佳がお宅の奈緒ちゃんに迷惑をかけたんでしょう？　だから叱ったんじゃないですか」

孝枝はふんと鼻を鳴らして立ち上がった。奈緒の母親は胸元で両手を握りしめたまま、言葉を失っておろおろとしている。孝枝は、奇妙に女らしくて甘ったるい声を出す、こういうタイプの女が一番嫌いだった。この手の女は無条件に癇に障るのだ。

「お、お邪魔しました。ごめんください」

奈緒の母親は少しだけ腰を屈めると、思ったよりも素早い動作で出て行った。孝枝はもう一度鼻を鳴らした。まったく、今日はなんてついていない日なのだろう。婦長には見つかるし、あんな女には文句を言われるし。

「姉ちゃんは？」

いつのまにか拓磨が傍に立っていた。

「こそこそと歩くんじゃないよ。お前まであたしをイライラさせたいの！」

孝枝の言葉に拓磨は一瞬ぶたれるかと思ったらしく、身を固くする。顔は孝枝に似ているが、気が小さいところは、むしろ武夫に似ている。

「そんなに心配ならあんたも夕ご飯食べないでいいよ。夕佳と一緒に外にいなよ」

拓磨は少しだけ考える顔をしていたが、やがて意を決したように運動靴に足を入れた。

「本当に、食べさせないからね！」

もう一度言うと、拓磨は逃げるように玄関を飛び出して行った。

のろのろと奥の部屋へ行き、点けっ放しになっていたテレビを消して、孝枝はようやくほっと息をついた。なんなら、このまま戻って来なくても良いのに。面倒臭いのは何より嫌だ。余計なことをあれこれ考えるくらい嫌いなことはない。

「ああ、何か面白いことがないのかよっ」

そうだ、今日も昨日のスナックに行こうか。行きがけに武夫の店に寄って知らせて行けば、あとから武夫も来るだろう。昨日は楽しかった。あんなにはしゃいだのは本当に久しぶりだった。

「そうしよう。決めた」

孝枝は独り言を言うと、買って来たコロッケを袋のまま冷蔵庫に放り込み、歩きながら服を脱ぎ始めた。

4

「伊原さんのお宅はご夫婦ともお若いから、分からないわけじゃないんですよね」

「そりゃあ、そう。そりゃあ、そうね。でも、もう人の子の親になったんだから、ねえ」

「ご夫婦共稼ぎで、一生懸命やってらっしゃるんだろうとは思いますよ」

二つの口が交互にぱくぱくと動くのを、孝枝はぼんやりと眺めていた。

孝枝の隣で、武夫は神経質そうに何度も煙草を灰皿に擦りつけている。昔からの癖で、座っている時にはいつでも膝が小刻みに揺れる。その微かな振動が時には孝枝の神経を刺激するのだが、今は孝枝は他のことに気を取られていた。いつまでも動き続けている二つの口。一つはピンクに染められて、もう一つは何もつけていない、二つの口。

「こんなこと言うと、あれなんですけど、お宅がどこかに引っ越してくれれば、なんて言っている人もいるんですよね」

「人が、どこに住もうと、こっちの勝手でしょうが」

孝枝は馬鹿馬鹿しいと言うように鼻を鳴らした。

「あんたたち、うちの一家を追い出すつもりなんですか」

「いえいえ、そんな」

「そう言ってるお宅もあるという話で」

一人は、孝枝たちの住まいの斜め向かいの建売りに住んでいる、植田の妻。もう一人は、歩いて五分程のところにある、駄菓子屋と雑貨屋を兼ねた店の女房で、おまけに子どもが夕佳の同級生だった。植田は大学生と高校生の子どものいる家で、近所では世話焼きで通っている。

昨夜、夕佳と拓磨は駄菓子屋で万引きをした。これ迄にも何度か万引きされており、警戒していた駄菓子屋の女房は、今度こそ子どもたちを取り押さえることに成功した。そして、すぐに孝枝に連絡をしようとしたらしいが、孝枝はもうスナックに行った後だった。自分の子どもの同級生ということもあって、ことを荒立てるよりも、前々から路地裏で火遊びをしていたり、空き家に入り込んだり、小さな問題を起こしている孝枝の子の将来を考えるべきだという結論を下した駄菓子屋は、世話焼きの植田と一緒に、かなり遅くまで孝枝の帰りを待っていたということだった。

武夫は昨夜は呑みすぎて、結局今日は勤めを休んでいた。結婚した当初は鳶だったが、左官になり、ガラス屋に入り、それからも数えきれないくらいの仕事を転々とした後、今は、かつて孝枝も勤めていたことのあるパチンコ屋に勤めている。武夫は、これといったはっきりとした理由がなくても、仕事を続けるということが出来ない性格だった。

「子どもは何も言ってませんでしたけど」

孝枝が言うと、植田の妻は大げさに眉（まゆ）をしかめて、蠅（はえ）を追うみたいに手を振ってみせた。

「そりゃあ、あなたが怖かったからでしょうよ。万引きしたなんて言ったら、どれくらい叱られるかと思って、言えなかったのよ。昨日だって、あなたに叱られて外に出されたから、ああいうことになっちゃったんでしょう」

「そうそう、奈緒ちゃんのお母さんも困ってましたよ。夕佳ちゃんは、奈緒ちゃんが言いつけたと思って、また奈緒ちゃんをいじめるだろうって」

「そんな、子どものやることですからね、先のことまで、分かりませんよね」

孝枝がイライラした声で言うと、二人の中年女は一瞬口を噤（つぐ）んで互いに顔を見合わせている。その親切ごかしの間抜け面が、余計に孝枝を苛立（いらだ）たせた。

「よそ様のことだから、どうしろ、こうしろとは言えませんけれど、でもね」

「ただね、もう少しお子さんたちの教育を考えられた方がよろしくはありませんか？」

「このままじゃ、もう少し大きくなったら、手がつけられなくなるんじゃないかって、ご近所でも心配してるんですよ」

「グレたきゃ、グレるでしょ。そうなったら止めようがないですよね」

孝枝の言葉に、二人は呆気に取られたように、ぱくぱくと休むことなく動かしていた口を一瞬だけ止めた。

「――ご自分のお腹を痛めて産んだ子どもがヤクザみたいになってもいいんですか？」

「自分たちがそうだったから、子どももそれで構わないっていうことかしらね」

「ちょっと！」

孝枝はちょうど火を点けようとして指に挟んだ煙草を宙に浮かせたまま、二つの口を睨みつけた。

「聞き捨てならないこと言うじゃない？　私たちがどういう育ち方をしてたって、あんたたちに関係ないでしょう。昔がどうのって言ったって、今はこうやって毎日あくせく働いてるんだから。あんたたちに、とやかく言われる筋合いはないですね」

孝枝は夢中になってまくしたてた。

「だいたい、何様のつもりか知らないけど、偉そうに人の家に乗りこんで来て、好き勝手なことばっかり、よくも言ってくれますよね。ただでさえ、ガキの喧嘩に口出しするだけでも馬鹿馬鹿しいっていうのに、その上、何ですって？　自分たちがそうだったから？　何なのよ、その言い草。あんなガキに万引きされるのはね、はっきり言って、あんたの店の不注意もあるわよ。どうせ奥でぼんやりテレビでも見てたんじゃないの？　その分を弁償すれば文句はないんでしょう？　持って行きなさいよ。千円？　二千円？　ええ？」

火の点いていない煙草を指に挟んだままでバッグから財布を取り出すと、孝枝は一万円札を抜き取って放り投げた。

「い、伊原さん。何もそんな――」

駄菓子屋の女房はすっかり顔色を失って、さっきまでぱくぱくと動かしていたピンクの唇を今度は細かく震わせている。

「そういうところがよくないって言うのよ」

ところが植田の妻が落ち着き払った様子で口を開いたので、このまま思い切りいろいろなことを言ってやろうと思っていた孝枝は、拍子抜けする形になってしまった。

「ねえ、伊原さん」

植田は小皺に囲まれた、象を連想させる目に穏やかな微笑みさえ浮かべて、にじり寄るような姿勢になった。

「私はね、あなたがたは、なかなかどうして、たいしたものだと思っているのよ。こう見えてもね、だてに歳はとっていないつもりなの。確かに普通の子どもの喧嘩なら、いちいち親が口出しなんかすべきじゃないと私も思うし、筋を通して話せば、分からないはずがないし、人の心の分かる方だと思っているんですよ。そうよね、ご主人？」

「──はあ」

自分たちの親のような年頃の植田に言われて、それまでただひたすら膝を震わせて黙っていた武夫は、にわかに緊張した面持ちになった。

「皆で助け合うことが大切だっていうお話なのよ。夕佳ちゃんだって、拓磨くんだって、そりゃあお宅のお子さんだけど、それと同時に将来ある、日本の若者になるのよね」

武夫は、この年代の人には元々弱腰になるし、一時は右翼のグループに首をつっこんでいたこともあるくらいで「日本」と言われるとすぐに心がぐらついてしまう。その上、「ご主人」などと慣れない呼び方をされて、少しでもおだてられると、簡単に馬鹿が丸出しになってしまうのを孝枝はよく知っていた。

「ほら、私が見込んだとおり、ご主人は話の分かる方だわねえ？」

「あ、いや、はあ」

「奥さんは、やっぱり優しさが足りないと思いますよ。いいえ、本当は優しいと思うの。そうでなかったら、付添いのお仕事なんか続けられるはずがないもの。でも、お仕事が大変なのは分かるけど、お子さんにも、もちろんご主人にもよ、もう少し優しくなった方がいいんじゃ、なあい？　ご主人は、こんなに話の分かる方なんだから」

「そ。そうなんですよね。こいつ、ちょっと気の強いとこ、あって」

武夫は小さな目を陰険に光らせて、へらへらと笑いながら調子の良いことを答えている。すぐに落ち着きを取り戻した駄菓子屋の女房が、今度は皮肉な笑みを浮かべて、いかにも同感だと言わんばかりに頷いて見せた。

「だけど、俺が言っても聞かないんですよね、こいつ」

したり顔の植田の妻は、笑顔の中の笑っていない目でちらりと孝枝を見た。その目が、勝ち誇ったように細められるのを孝枝はしっかりと見届けた。

「まあ、高校も行けなかったくらいだから、馬鹿でもしようがないんですけどね。中学だって、三年のうち半年も行ってねえんじゃねえか？　なあ」

武夫はすっかり調子に乗って、そんなことまで言った。二人の中年女は「あらっ」という顔になって孝枝を見た。孝枝は唇を噛みしめてそっぽを向いていた。

「いや、俺はね、子どもは伸び伸び育って欲しいと思ってるんですよね。だけど、こいつがすぐ怒鳴るもんで、ビビッちゃうっていうか。やっぱ、いくら夫婦共稼ぎでも、俺の方が、子どもといる時間、少ないしね。ずっと見張ってるってわけにもいかなくて」

前からそうではないかと思っていたが、武夫はやはり相当な馬鹿だ。おまけに何の頼りにもならない。他人の前で自分の女房の悪口を言うなんて、どういうことなのだと、腹の中が煮えくり返る思いだった。それは確かに、武夫は曲がりなりにも高校を出ている。行っていた日数などたかが知れたものだが、それでも学歴からすれば孝枝は中卒、武夫は高卒ということになる。武夫が何かと言うとそのことを口にするのを、孝枝は今までにも何度となく、悔しい気持ちで聞いていた。

「何たって母親ですから、子どもはこんなヤツでも、慕ってるんですよね」

「奥さん、ご主人はよく分かってらっしゃるじゃないの。夫婦は理解しあって、お互いに高めあうものよ」

植田の妻の口が再び動き始めた。

「これも何かのご縁だもの、私に出来ることだったら、お手伝いさせていただくわよ」

　ぱくぱく、鯉みたいに動き続ける口。

「人間は学歴じゃないわ。私もね、親が教育熱心だったから大学まで行ったというだけで、そんなことは人間の出来とは関係ないって信じてるの」

「へえ、奥さんは大学出か。さすが、言うことが違うなあ」

　武夫はしきりに感心した様子で相槌を打っている。学歴が何だと息巻いていた、かつての暴走族のチンピラが、今や学歴を聞いただけで態度を変えるくらいに卑屈な男になり下がっていた。

「違うの、そういう意味じゃないんですよ。福沢諭吉も言っているでしょう？『天は人の上に――』」

　孝枝は悔しさと馬鹿馬鹿しさとで頭がぼんやりしそうだった。一万円札の顔の名前くらい、孝枝だって知っている。結局は自分のことをひけらかしているだけではないか。鯉みたいに、口ばかりぱくぱくと動かして、余計なお世話の上に、自慢話までされたのではかなわない。

「な、お前もいろいろ教えていただけよ。よう」

　馬鹿な武夫は心の底から感心したように、しきりに頷いている。

やがて、ぱくぱくと動いていた口が奇妙な形に歪んで、今度は神経に障るびりびりとした笑い声を出し始めた。孝枝は、もう何も言う気になれなかった。

多勢に無勢では仕方がなかった。孝枝は、ただ唇を嚙みしめたまま、黙って植田の口元を見つめていた。

自分たちが帰って、外で遊ばせている夕佳と拓磨が戻って来ても、けっしてひどく叱ってくれるなと約束させられても、孝枝は返事をしなかった。

「すいません。へへ、こいつ、強情だから」

武夫がまた馬鹿な挨拶をする。孝枝は、この時はっきりと離婚しようと思った。

5

年末から正月にかけての休みを、何日くらいとろうかと考える季節になっていた。

「あなたのお陰で早く治したいという気になりましたよ」

太田が礼とも皮肉ともつかない言葉を残して退院して、孝枝の受け持ちはようやく一人に減った。ひどいときには四人、五人と介添えをかけ持たなければならないくらいだから、受け持ちが一人になるなどということは、本当に希なことだった。受け持ちが増えれば収入も増えるが、眠る暇さえなくなってしまうこともある。

いくら収入が増えるからと言っても、ちょうど年末にかけて、少しはゆっくりしたいと思っていたところだった。そのせいもあってか、孝枝は残った一人の「客」には、少しは当たりが柔らかくなっていた。

「急患で入って来た患者さんなんだけどさ。頼むわな」

そんな矢先だった。事務所に呼ばれて、軽い脳溢血(のういっけつ)で入って来た患者を受け持たされることになった。四十七歳の女性。右半身に後遺症が残るかも知れないということで、意識ははっきりしているが、現在のところは寝たきりの状態だった。言語障害があり、身の回りの全てのことに介添えが必要だという。

「その人、年内に退院できますかね」

孝枝が聞くと、事務所の男は首を傾げた。

「無理なんじゃないか？　このケースだったら、二カ月くらいは入院しなきゃならんだろうな」

「しびんは、使えますか」

「いや、おむつ。今、家族の人が来てるはずだからさ、会ってきてよ」

これで、のんびりとした正月の夢はなくなった。症状の軽い患者だったら、年末年始は一時退院か外出の許可が下りるものだが、脳溢血や脳梗塞(のうこうそく)の場合は、そうもいかないだろう。

「タイミングの悪い患者」

「仕方がないな。寒くなってくると、増えるんだ」

事務所の男は書類に顔を落としたままで呟いた。孝枝だって、昨日今日ここにいるわけではないから、そのくらいのことは分かっている。

年寄り臭いとも思うが、一日中病院の固い床の上で過ごすと、冬場はとくに冷えるから、孝枝も厚手のタイツの上にさらにソックスを履いている。すると、足が膨れてサンダルはきつくなってしまうから、安物のスニーカーを履くことにしていた。床を歩く時の音が、ナース・シューズの音と似ていて、孝枝はそれが案外気に入っていた。そのスニーカーの音を響かせながら、孝枝は病室に向かって歩いていった。頭の中では、事務所で知らされたばかりの、患者の名前が繰り返されている。植田、植田、植田瑠里子（るりこ）――。まさかとは思ったが、住所を見たら間違いがなかった。あの、大学出の偉そうなババアだ。

病室の外で、やつれた顔の患者の主人と息子たちと挨拶をして、孝枝はさっそく「心づけ」の金一封と菓子折りをもらった。

この、心づけの金額によって、患者に対する態度が変わることくらいは、今や常識になっている。だが、本当のところは、そんな効果があるのは最初のうちだけだから「心づけ」は小出しにするのが良い。

「私が傍にいられればいいんですが」

「仕事もあるでしょうし、男の人では無理だと思いますよ。それに、ここは完全看護の病院ですから、家族の方の介添えは禁止されていますしね」

「何分、よろしくお願いします」

帰り際に、植田瑠里子の夫だという痩せて長身の男は、孝枝に深々と頭を下げた。それに合わせて二人の息子もぎこちない様子で頭を下げる。顔を上げた時に、兄の方が少しだけ表情を動かしたが、孝枝は無視をした。そして、彼らが帰っていった後、孝枝は入院したばかりの患者に、食事を運ぶことにした。

「あんたとこの息子、私のことを覚えてたみたいねえ」

病室に入ると、孝枝は、ベッドの脇に腰掛けて、患者を笑顔で見下ろした。もちろん病気のせいもあるが、久しぶりに会う植田瑠里子は以前の彼女からは想像もつかない程に弱々しく、頼りなく見える。その彼女の瞳に、ほんの少し動揺の色が走った。だが、顔の表情を上手に作ることが出来ないので、一見しただけでは、何の反応も示していないようだった。

「残念ねえ、あんなにいつもぱくぱく動かしてたその口が動かなくなるなんて」

孝枝はスプーンで粥をかきまぜながら話し続けた。植田の妻は中途半端に開いた唇を、なんとか動かそうとしているようだ。

「だいたい、あんたの口が嫌いだったのよ。あんたが親切ごかしに家に乗りこんで来て、ああだ、こうだ言わなければ、何も離婚までしなくてすんだかも知れないのにさ」

顎の下にタオルを添えて、ただじっと身体を横たえている姿は、とても偉そうな態度で得々と自分の学歴まで披露していた女とは思えない。孝枝は、一匙（ひとさじ）めの粥を、力の入っていない植田の妻の唇の間に流し込んだ。

「あんたの名前、初めて知ったわ。瑠里子とは、まあ、綺麗なお名前だことねえ」

相手が粥を飲み下そうと、下すまいと、そんなことにはお構いなしに、孝枝はすぐに次の一匙を流し込む。植田瑠里子の喉（のど）の奥からぐうっという声が洩（も）れた。

「え、なに？　無理よ、言語障害なのよ。脳味噌がやられちゃってるんだからね、あんた、もう、まともに喋（しゃべ）れないのよ。私のことなんか言ってられないくらい、馬鹿んなっちゃったの。分かる？」

孝枝はわざとらしい程にゆっくりと、優しい声で言いながら、さらに次の粥を流し込んだ。半分以上が唇からはみ出して顎の方へ流れ落ちた。

「やあねえ。ちゃんと食べてよ。私だって時間がないんだからね。ほら」

さらに一匙。瑠里子の象のような目から涙が流れている。孝枝は「あーあ」と言いながら、粥がこぼれて付いている襟元のタオルで、その涙を雑に拭（ふ）いてやった。

「だらしないわねえ。大学出なんでしょうが。しっかりしなさいよ」

植田瑠里子の目尻から頬にかけて、粥がこびりついた。後で乾いたらばりばりになって、さぞかしかゆくなることだろう。だが彼女は、何の抵抗も出来ず、ただされるままになっているしかないのだ。なんて痛快！　なんて面白いんだろう！

「ねえ、私、今どこに住んでると思う？　寮よ。ここの寮に置いてもらってるの。気ままでいいわよ。誰の世話もしなくていいんだしさ。働いたお金は自分だけのために使えるわ。あんな、だらしのない亭主やガキのために、いったい何年無駄にしたのかと思うと馬鹿馬鹿しくなっちゃってさ」

動けない瑠里子に向かって、孝枝はなおも粥を運び続けた。瑠里子は必死になって粥を飲み下そうとするが、溢れてしまう方が多い。

「それもね、全部、あんたのお陰だわよねえ。ええ？　怒ってるかって言いたいの？　それとも、恨んでるのかって？　まさか、そんなこと、あるわけないじゃない。あんたの言うことは、いつだって正しいんでしょう？　恨まれる筋合いなんて、ないわよねえ。そうよ、あんたは、学があって、親切で、それはそれは、ご立派なんだものねえ。お陰で、私も勉強させてもらったわ。自分の亭主が、あんな大馬鹿野郎だってことも、よく教えてもらった。いくら感謝したってね、したりないくらいよねえ？」

孝枝はのべつまくなしに話し続けた。かつての瑠里子の口を思い浮かべ、誰にも遮(さえぎ)られずに話し続ける楽しさを味わいながら、動かない唇に粥を流し込み、いつまでも口を動かし続けた。瑠里子の瞳から、涙が伝って落ちた。孝枝はその涙も、粥のついたタオルで拭いてやった。

「しっかりしてよ、もう。でも、まあいいわ。私、こう見えてもね、仕事はきっちりやってるの。あんたにも、思い切り親切にしてあげるわよ」

瑠里子の顔は、やがて粥で妙な色に光り始めていた。孝枝は声を出して笑いながら、「楽しい正月になりそうね」と呟いた。

裏切らないで

宮部みゆき

1

加賀美敦夫は、パジャマのままで歯を磨き顔を洗うと、タオルで手を拭きながら台所へ入った。二口コンロの前では道子が味噌汁をかきまぜている。彼が口のなかでもごもごと「おはよう」を言うと、妻は訊いた。

「卵、落とします？」

「うん」

道子はきびきびと振り向くと、冷蔵庫のドアを開け卵を取り出した。片手で鍋の縁にぽんとぶつけて割る。ほとんど同時にガスの火を止め、蓋をする。こうしておいて三、四分待つと、卵が加賀美の好みの固さになるのだった。

そこまでひと動作でやっておいて、ようやく道子は、加賀美のしていることに気がついたようだった。

「あら」と、彼女は低く言った。「久しぶりね」

「うん」

加賀美は答え、東向きの台所の窓のそばに、酒屋でもらったぐい呑み用の小さなグラスを据えた。水道水よりは少し濃度の高い液体が、二月半ばの朝日を受けて、グラスの隅に歪んだ虹をこしらえている。

「難しくなりそうですか」

　グラスに目をやりながら、道子が訊く。

「わからん」

「はっきりしてるの？」

「今のところは、ただの変死だ」

「じゃ、事故かもしれないのね」

「いや、それはない。自殺の線が濃い」

「皆さんはそう思ってるってことね。あなた以外の人たちはね」

　陽射しがまぶしいので、加賀美は目をしばしばさせた。道子は夫を促した。

「卵が固くなっちゃいますよ」

　加賀美が城南警察署の捜査課に配属されて、今年で十五年目になる。殺人事件が発生すると、事件を解決し犯人を逮捕するまで、毎朝欠かさずぐい呑み一杯のお神酒を東向きに供えるということを始めたのは、彼が部長刑事に昇格してからのことだった。こちらは五年目になる。

　その五年のあいだに、はっきりした殺人事件は四件あった。一件が強盗、二件は痴情のもつれ、もう一件は酒呑み同士の喧嘩がエスカレートしたものだった。四件ともどうしようもなく馬鹿げた話だったが、事件としては筋が通っていた。解決までいちばん手間のかかったものでも、捜査を始めて二カ月後には、お神酒をあげなくて済むようになっていた。

　ほかに二件、加賀美が独断で、お神酒をあげて捜査にかかった事件がある。ひとつは十五歳の少女の失踪事件。もうひとつは老婆の変死事件だった。前者は未だに未解決だが、行方知れずになっている少女は「近所でも札付きの不良」だとかで、彼女の両親でさえ、本人が自分の意思で家出したものだと決め付けていた。

　加賀美は、少女が失踪してから十日間、お神酒をあげ続けた。十一日目の朝にやめた。不良娘にまた帰ってこられてはかなわないと言わんばかりに、娘の両親と兄弟が引っ越していったからだった。

　それを教えてくれた同僚は、彼の肩をぽんぽんと叩いてこう言った。

「ガミさん、誰もあの女の子のことなんか気にしてないんだ。探すんだったら、もっと探しがいのある人間を選ぼうじゃないの。お互いに忙しい身体なんだからさ」

　たしかに、加賀美はほかにも事件を抱えていた。城南署の捜査課員全員と同じく、彼も多忙な身体だった。誰にも望まれていないまま、公式に「家出」ということで片がついている件を追い続けてゆくことはできない。それはわかっていた。それでも、その日は一日腹を立てて過ごしたものだった。

もう一件の老婆の変死のほうは、一度は心不全による急死として処理されたが、実は殺人だったというものだ。八十歳のその老婆は、もう八年も寝たきりの状態で、それを家族が安楽死させたのだった。

加賀美は、故人の世話をしていたその家の主婦の腕に、薄いひっかき傷があることに気がついて、それとなく、遺族から目を離さないようにしていた。それを悟ると、主婦は落ち着きを失った。彼女が夫に連れられて署に出頭してきたのは、加賀美がお神酒をあげ始めて三日目のことだった。

（お姑さんに頼まれたんです）と、主婦は言った。（楽にしてくれって）

すると、老婆は土壇場で気が変わり、枕で窒息させられながら、抵抗して、主婦の腕をひっかいたということになる。彼女の取り調べを終えた夜、加賀美はかなり酔ったが、口のなかの嫌な後味を消すことができなかった。

それが、東向きにあげる加賀美のお神酒の味だからかもしれない。

早朝の駅は寒い。加賀美の使っている総武線の錦糸町駅は、北側に風をさえぎる建物がないので、ことさらに寒気が身に染みる。電車が来るまで、階段の下に身をひそめている通勤客もいるほどだ。

加賀美のすぐ隣では、帽子と手袋とマフラーで武装した女性が、鼻の頭を真っ赤にして文庫本を読んでいた。お手製らしい赤い手袋を見て、加賀美は、彼がお神酒をあげる原因になった、若い娘のことを考えた。

彼女は編み物をすることはなかったらしい。ウールマークのついたカシミヤのマフラーに、上等のキッドの手袋をはめ、その手をセンターラインのほうへ投げ出して倒れていた。

彼女の名前は大浦道恵（おおうらみちえ）。二十一歳と四カ月。銀座七丁目の画廊に勤めている。昨夜——そう、東京がそわそわと浮かれ騒ぎ始める、週末も間近な木曜日の夜遅く、帰宅の途中に、自宅近くの歩道橋から転落して死亡したのだった。

2

「コーポ伊藤」の前に、仁科浩司（にしなこうじ）が寒そうに肩をすぼめて立っている。両手をポケットに入れ、あちこちと足を踏みかえている様子だけを見ると、もう一時間も待たされているかのようだ。加賀美が声をかけて近づいてゆくと、白い息を盛大に吐き出しながら挨拶（あいさつ）を返してきた。

「大家には声をかけておきました。遺族は午後にならないと着かないそうです」

「彼女の故郷はどこだったかな」

「長崎ですよ」

「直行便があるよな?」

「ええ。でも、自宅から空港まで、車で二時間ぐらいかかるそうですからね。そっちのほうが大変だ」

「コーポ伊藤」は二階建ての木造アパートだが、造りが昔のものとは違う。クリスマス・ケーキの上に載っている砂糖でできたおうちのような屋根。外装はクリーム色のサイディング・ボードで、出窓と白い手摺(てすり)がある。階段のとっつきに木製の郵便受けが六個あり、203のところに「大浦」とあった。

加賀美は郵便受けを開けてみた。空っぽだ。仁科がすぐ言った。

「彼女、新聞はとってなかったそうです」

加賀美は、テレビ欄がなくて困らなかったのかな、と思った。

「どれ、あがってみよう」

加賀美は先に立って階段を上り始めた。

大浦道恵は、昨夜午前零時二十分ごろに死亡した。要請を受けた加賀美たちが現場に駆け付けたとき、彼女の死は三つの可能性を秘めていた。自殺、他殺、事故死の三つである。

まっさきに「事故死」の線が消えたのは、現場の歩道橋の手摺が高く、頑丈（がんじょう）な造りであるからだった。意志をもって乗り越えるか、かなり強い力で突き飛ばされたかしないかぎり、この手摺は越せそうにない。はずみで、という可能性は捨てていい。

となると、自殺か他殺、どちらかだ。

問題の歩道橋がかかっているのは四車線の幹線道路で、夜間は交通量がぐっと減るが、皆、制限速度オーバーで走っている。道恵は幸運にも車と車の切れ目に落下したので、二次災害を引き起こすことはなかったが、その代わり、彼女が落下してくるところを目撃したのは、そのとき現場から十五メートルほど手前の交差点で信号待ちをしていたタクシーが一台だけだった。

運転手は仰天し、そのとき乗せていた二人連れの客と一緒に車から飛びだした。彼らが駆け寄ってみると、道恵はうつぶせに倒れており、頭の下から血がじわじわとにじみだして広がっていたというが、救急車が着くころにはそれも止まってしまっていた。救急隊員は彼女の死亡を確認して、空車（からぐるま）で走り去った。

運転手と客の二人は、道恵のほかに人がいた様子はなかったと話した。誰かいればきっと気が付いたはずだ、とも。もちろん、逃げ去る足音も耳にはしなかった。

「あの女の子は自分で飛び降りたんですよ。そうに決まってますって」と、運転手は断言した。

だが、現場の歩道橋は、道のこちらと向こう側とで階段の向きが違っており、三人が立っていた地点——つまり道恵が倒れていたところからでは、道の反対側へ降りる歩道橋の階段を見ることはできない。彼らに見ることができるのは、道のこちら側の階段だけだった。だから、三人が道恵に気をとられているあいだに、そこから誰かが逃げていったという可能性もあるのだ。足音ぐらい、靴(くつ)を脱げばすぐに消すことができる。

それに、歩道橋の手摺には、この季節、防風用のトタン板が取り付けてあった。上に誰かがいても、身を屈(かが)めれば、そこに隠れることができたのである。

まだ、半々だ。

だが、そこにもうひとつ、歩道橋の上の、道恵がそこから落ちたと思われる地点に、彼女のハイヒールがきちんと揃(そろ)えて残されている——という要素が加わったとき、「自殺」の可能性が急に濃くなってきた。ハイヒールの脇(わき)にはハンドバッグも置かれており、なかに入っていた財布の現金は手付かずだった。

「でも、でもですよ。この程度のことだったら、彼女を突き落とした犯人が、それらしく整えておくことだってできますよ。あまり早くから自殺の線だけにしぼってしまうのは危険じゃありませんか」

昨夜、仁科はそう主張した。主張されている相手は加賀美たちの属している捜査班の班長で、寒さと不機嫌のために、顔が赤らんでいた。

「やっぱり、本庁に連絡して応援を頼んだほうがよくありませんか？」

仁科がそう言い出したので、加賀美は彼を肘で小突いて黙らせた。

この若い刑事が、本庁がやってきて捜査本部をつくるような事件を扱いたくてウズウズしていることはよく知っている。だが、もし本庁が乗り出してくるとしたら、それは「応援」ではない。捜査するのは彼らだけで、こちらはそれこそ彼らを「応援」するか、歩いてしゃべる人間地図になって、道案内を務めるようになるだけだ。

小突かれて、仁科は不満そうに頬を膨らませたが、とりあえずは口を閉じた。だが、彼が本当に異議をとなえなくなったのは、道恵のバッグのなかから、貸し越しのマイナスの印が続く預金通帳と、多種多様なクレジットカード、そしてサラ金のマネーカードが出てきたときだった。

「裏を取らなきゃならんが、おいガミさん、これ見ろよ。前途を悲観するには充分な借金だぜ」と、赤ら顔の班長は言った。

同じバッグのなかにあった健康保険証から、住所はすぐにわかった。が、加賀美は、コーポ伊藤２０３号室に踏み込む前に、一応鑑識に臨場してもらい、なかを調べてもらおうと提案した。

なぜなら、道恵のショートカットの髪はきちんと整えられ、スプレーの強い香りがしていたし、襟足やブラウスの内側にまで、細かい髪が落ちて入りこんでいたからだった。

「彼女、美容院に行ったばかりなんですよ。もし、いったんこの部屋に戻ってきてからまた出掛けたなら、室内に同じような細かい髪が落ちているはずです」

やってきた鑑識は、1DKの室内の床をくまなく掃除機で吸って、採取した埃を大事そうに持ち帰った。結果は今日の午前中には出るはずだった。

それから、加賀美たちは道恵の部屋に入った。

「遺書があるかもしれませんね」と、仁科は言ったが、残念ながら、ことはそれほど簡単には運ばなかった。が、ある意味では、遺書よりももっと雄弁なものがたくさん見つかったのだった。

それは、種々雑多な小口のローンの督促状や、カードの使用を停止する旨の通知書など。そのうちのいくつかは、かなり激烈な調子の文章だ。

彼女がそれらの金を何に使っていたのかは、室内の家具や、クロゼットのなかの衣装が語ってくれた。

「そういえば彼女、ロレックスをはめてたな。あれ、八十万円はすると思います」

そう言いながら小さな宝石ケースをのぞいた仁科は、「すげえな」と声をあげたものだ。

「こっちも豪華だ。きっと本物ばっかりですよ」

加賀美は彼の脇からのぞきこみ、たくさんのアクセサリーがあるが、指輪はないことに気がついた。それを口に出すと、仁科が首をひねった。

「どうしてですかね？」

「君の恋人に訊いてごらん」

「はあ？」

「ほかのものは自分で買っても、指輪だけはあなたに買ってもらうからよ、と答えるだろうよ。大浦道恵もそう考えてたんだろう。不自然なことじゃないよ」

　ことここまできて、みなの意見は「自殺」の線で固まり始めた。まだ多少の捜査は必要だろうが、それには二人も割り当てればいいだろう――

　加賀美はそれに志願し、ついでに仁科を引っ張って手伝わせることにした。だからこうして今朝も、二人で雁首（がんくび）を揃えてコーポ伊藤に出勤してきたというわけだ。

　今朝もまた、備え付けの下駄箱（げたばこ）の上の空間に掛けられた、ただきれいなだけで意味がない感じのリトグラフに迎えられ、加賀美は203号室に足を踏み入れた。

部屋のなかはきれいに片付けられている。が、故人が几帳面（きちょうめん）できれい好きな女性だったとすると、いつもこの程度に整えていたのかもしれない。あとで見苦しくないように取り計らった――とまで、断言することはできなかった。

　時刻は午前八時三十分。この町は二十分足らずで都心に出ることができる位置にあるが、それでも、コーポ伊藤の他の入居者たちは、あらかた出かけてしまったあとだろう。彼らには、今夜もう一度話を聞くことになっている。

　六部屋のうち、一階の三部屋には夫婦者が暮らし、上の三部屋には一人暮らしの若い女性が三人いる――いや、いた。昨夜午前零時二十分以後は、二人しかいなくなってしまったのだ。

　昨夜、道恵の遺体を発見してすぐ、２０３以外の五部屋の住人を訪ねたときには、全員が在宅していた。誰一人起こす必要がなかったことに、加賀美は驚いた。今の若い者は、本当に宵っぱりなのだ。私道を隔てたところにある古家に暮らしている、ともに六十代の大家夫妻が、揃って寝呆け眼で起きてきたのとは対照的だった。

　一階の夫婦たちは、気を揃えたように全員が結婚一年以内の新婚で、みな共働きだった。偶然ではない。大家が不動産屋にそういう条件をつけて入居者を探させているのだろう。つまり、子供は駄目。共働きなら稼ぎもあるだろうから、家賃を取りはぐれる心配もない。

う。二階の単身女性二人のうち、２０１の娘は大学生、２０２の女性はＯＬだという。２０１のほうはすぐ出てきたが、２０２は手間がかかった。ドアをどんどん叩くと、奥のほうから大声で、「すみません、今、お風呂に入ってるんです！」と答えた。そのときだけは、廊下に立つ刑事たちの頬がゆるんだ。あとになって、洗い髪をタオルに包んだ彼女が顔をのぞかせたとき、仁科の頬がもう一度ゆるんだことを、加賀美は見逃さなかった。

朝早くからここに足を運んできたのは、遺族が到着する前に、もう一度じっくりと室内を調べておきたかったからだった。親兄弟がやってくると、彼らに何かを――彼らが、こんなものが他人の目に触れたら亡き娘の恥になるだけだと考えてしまう何かを、隠されたり捨てられたりしてしまう可能性があるからだった。これは悪気があってやることではないだけに、非常に困る。事件関係者にかかわるものなら、たとえ領収書一枚でも、すべてに目を通しておきたいからだ。

「なんか、このまま写真に撮って雑誌に載せることができそうな部屋ですね」

室内を見回して、仁科がつぶやいた。

たしかに、全体に金がかかっている。大家の話では、道恵はここに暮らして三年目だというが、カーテンやカーペット、玄関マットなどは、いずれも新品同様の品物だ。すべて、色調を統一してある。買い替えたばかりなのだろう。この種のものは案外値段が張るし、電気製品などと違って、古くなっても不便なものではないし、なければないでなんとかなってしまうものだから、買おうと思ってもおいそれとは踏み切れないのが人情だ。それを、ボーナス・シーズンでもない今ごろに、いちにのさんで新品に取り替えているというのは、道恵がよほど、おしゃれな部屋に執着していたという証拠だろう。

その執着が、たくさんの督促状になって、主人のいなくなったこの部屋に残っている。

「このために」と、加賀美はぐるりと部屋を指し示した。「金を借りられるところから借りまくってたんだろうな」

「舞台裏ではね」

パイン材でできたローベッドの脇に、おそらく輸入ものなのだろう、磨き(みが)こんだ椋材(むく)に色焼きしたタイルをはめこんだ、きれいなライティング・ビューローが据(す)えてあった。これなども、テレビドラマのセットに登場しそうな代物(しろもの)だ。加賀美自身、二、三年前からライティング・ビューローが欲しくて欲しくて、家具屋へ見に行っては値段の高さにあきらめていたところだったから、これには改めて目を見張った。

そのライティング・ビューローは、文字どおりの飾りものに過ぎなかった。道恵は日記をつけておらず、書棚には本もほとんどない。きちんと立て掛けられているのは雑誌ばかり。カバーがかかっている本が数冊あったが、開いてみると、星占いの本と、女性タレントが書いたエッセイだった。彼女はこのすばらしいライティング・ビューローで、本に書かれている手引きどおりに自分の運命図とやらを描き、未来の可能性を探っていたのかもしれない。ペンを握るのはそのときだけだったのかもしれない。真面目な気持ちで、加賀美は考えた。それこそ、この家具のいちばん贅沢な使い方だったのかもしれない――と。道恵は雑誌の好みも厳格で、購読していたのは二種類に限られていた。どちらも、喫茶店やレストランやブティックを、現実にあるものよりずっと美しく洒落た感じに写して載せている。ジャケットの色、スカートのライン、週末にボーイフレンドに連れていってもらう店の名前まで、懇切丁寧に指導し、さながらアパルトヘイトに反対するロック・ミュージシャンのような熱意をこめて、紙面の向こうから語りかけてくる。こうすれば幸せになれる。こうすれば美しい人生があなたのもの――

「なにもないですね。あるのは借金の匂いだけだ」

根気良く、ときには床に腹ばいになって部屋中を捜索してから、仁科がそう言ってため息をもらした。

「子供が先に死んだ場合、親が遺産を相続するんでしょう？　こういう負の遺産はどうなるんだろう。相続放棄できるのかな」

「この部屋のなかのものを売りに出せば、少しは返済の足しになるんじゃないか」

と、加賀美は言った。

道恵の書棚にあった『東京大好き！』という本をペラペラめくっているとき、ドアのほうで人の声が聞こえた。彼女の両親が到着したのだった。

小柄な夫婦だった。道恵は身長一六三センチと恵まれていたから、隔世遺伝だったのかもしれない。顔立ちは、父親のほうに似ているようだ。

夫妻は泣きも怒りもしていなかった。遺体はまだ警察の霊安室にある。これから会いにゆくというので、加賀美も長くは引き止めなかった。質問も、さして多くはなかった。少し話しただけで、この両親が、離れて暮らしていた娘の生活について、ほとんどなにも知らされていなかったことがわかったからだ。

基本的な生年月日や学歴、職歴を確認した。地元の公立高校を卒業し、十八歳で上京。当初は予備校に通って翌年大学受験の予定だったが、進路を変えて秘書養成専門学校に二年間在籍。現在まで定職はなく、いわゆるフリーターの生活だった、という。

となると、あとは——

「こんなときに申し訳ないのですが、できたらお答え願いたいのです。お嬢さんには、自殺なさるような理由があったと思われますか？」

母親のほうが、小さな目を動かして加賀美を見上げ、それから無言で首を横に振った。

「それでは、お嬢さんがあちこちに借財を残されていることはご存じでしたか」

夫婦は顔を見合わせた。父親のほうが、「またですか」と呟いた。

加賀美は督促状を何通か見せた。

「以前にもこんなことが？」

「ええ、ありました。内訳は存じません。存じませんが、払えないと困ったことになると電話をかけてきまして――一年ほど前のことですが。そのとき、百五十万ほど送金しました」

「百五十万円ですか」

思わず繰り返して言った加賀美に、母親はあっさりとうなずいた。

「うちは、お金はあるんです。ですが、道恵に持たせるときりがありませんので、財布のヒモはこちらで握っておりました。でも、大きな借金をこさえられてしまったら、払ってやるしかありませんでしょう」

「ここの家賃は？」

「わたしどもで払っていました。生活費も多少援助していました」

「じゃ、お嬢さんはお給料を……」

「全部お小遣いにしていたようです。叱ってても無駄でした。

「東京はお金がかかる街だし、お金を使わなければ東京にいる意味がないと、よく言っておりました」

3

午後になって、鑑識報告が入ってきた。道恵の自室から採取した埃のなかからは、彼女の襟足に落ちていたような細かな髪は発見されなかったという。

財布のなかに入っていた顧客カードで、彼女がかかった美容院はすぐに判明した。青山通りにあるかなり高級な店で、予約がなければ受け付けない。道恵は昨夜で三度目の客だった。

「新しい髪型がとっても気に入ったって、楽しそうな顔をしてました」

道恵は午後六時ごろに美容院に入り、できあがったのが九時すぎだったという。その日の最後の客だった。店のスタッフのなかに彼女の友人がいるので、そのまま彼らと夕食を一緒にとり、それから一時間ほど飲んで、駅前で彼らと別れたという。時間的に、それから寄り道をした可能性はなかった。美容院のスタッフたちと別れてから、まっすぐ帰宅しようとしていたのだ。

加賀美と仁科は、次に、彼女の勤め先の画廊へ足を向けた。オーナーに代わって経理のほうをあずかっているという三十代後半の女性が出てきて、話をしてくれた。道恵は受付をしていたのだそうだが、

「うちはこのとおり、こぢんまりしてますから、大浦さんは、ほとんど一日中座っているだけの仕事でした。彼女はたまに雑誌を読んだりしてましたけど、あとはただぼんやりしてるだけ。退屈じゃないのかなと、こっちが気になったくらいです」

「アルバイトだったんですね？」

「はい。女性用の求人誌でね。画廊っていうと、なんとなくお洒落な感じがするからでしょうか、大勢面接を受けに来たんです。でも、どの娘も同じでね。美術に興味があるとか、勉強したいとか、そういう目的があるんじゃないんですね。ただの事務員よりなんとなくカッコいい――それだけなんです。仕方ないので、そのなかから一人選んで、結局大浦さんに来てもらってたんですけど、なんだか空気みたいな娘でした。悪い意味でですよ」

「特に叱ったりしたことは？」

「ありません。一度だけ、お客さまがいるときに化粧を直してたんで、注意をしたことはありましたけど。それからもちょくちょく、こっそり爪を磨いたりしてましたけど、こっちも諦めちゃって」

「彼女には、自殺するような理由があったでしょうか」

女性は「さあ……」と言って目をそらした。

「では、他人から恨みをかうようなタイプでしたか?」

画廊の女性は顔をあげ、気にそまないことを言わせるのはあなたよ、という目付きで加賀美をにらんでから、一息に答えた。

「わかりません。本当にわからないんです。わたしみたいな古い人間にとっては、大浦さんは異邦人でしたもの。着飾ること、見てくれのいい楽な仕事について、お金をもらうこと――稼ぐんじゃありませんよ、もらうんです――美味しいものを食べること。そして、そのすべてを保証してくれるいい男をつかまえること。それしか考えてない娘でしたから」

加賀美は、さすがに少しばかり嫌な気持ちになった。が、質問したのはこちらなのだ。

「彼女はたしか、秘書を養成する専門学校を出ていますね。なにか特技はなかったんでしょうか」

「なんにもありませんね。少なくとも、わたしは見せてもらってません」

画廊の女性はがっちりした肩を上下させて息を吐くと、加賀美のほうを見ずに言った。

「あの娘は自殺するには薄っぺらすぎたと思います。他人に恨まれるにしても――恨まれて憎まれて殺されるにしても、最後の最後まで、ご本人は、どうして自分がそんな目に遇(あ)わなければならないのか、全然理解できなかったでしょうね」

加賀美は口の端だけで笑ってみせた。

「頭が軽かったと？」

「いいえ、そうは申しません。頭は悪くなかったんじゃありませんか？　ただ、あの娘は――そう、二次元だったんです。カタログ雑誌から抜け出してきたみたいにね。奥行もなければ、生活感もなかった。意欲もなかった。グラビアが歩いてるみたいなものでした」

コーポ伊藤の住人たちが帰宅する夜八時ごろまでの時間を費やして、加賀美と仁科は、道恵のアドレス帳に記載されていた友人・知人を数人訪ねてみた。記載されている名前は七対三の割合で男性が多い。それに、女性たちの大半は、同じ高校を出て上京し、大学に通っていたり就職していたりする者たちで、道恵とは年賀状をやりとりする程度の交際しかしていなかった。

たった一人の例外は、彼女と六本木のディスコで知り合ったという、二十歳のOLだった。勤め先が新橋にあるので、ごくたまにだが、道恵とランチを食べたりしたことがあるという。そのせいか、彼女だけは、アドレス帳に勤務先の電話番号も載せられていたのだ。

「大浦さん、派手な感じの人でしたけど、とっても気前がよくて」

おとなしく真面目そうなそのＯＬは、困ったように眉毛(まゆげ)を下げて、加賀美の質問に答えてくれた。彼女が働く商事会社のロビーで、背後には人が忙(せわ)しく往来し、エレベーターのドアが開くたびに、「ポーン」という音が聞こえる。

「プレゼントをくれたりとか？」

「ええ。お昼もおごってくれたし」

「いい人だったようだね」

「そうですね」と言って、彼女はちょっと苦笑した。

「我々はそれが仕事だから、どんなことでも話してもらったほうがいい。気にしないで」と、加賀美はにっこりしてみせた。

「大浦さん、この会社で働くことができるように、なんとかうまくやってくれないかって、わたしに頼んでいたんです」

加賀美と仁科は顔を見合わせた。若いＯＬは顔を伏せて笑った。

「今はどこでも人手不足だから、知り合いの紹介だったらなんとかなるでしょ、なんて言って、すっかりその気でした。わたし、困っちゃって……。うちは、女子社員の中途採用なんてしないし、もともと縁故採用がほとんどだから……」

「そうだよねえ」と、加賀美はうなずいてみせた。

「大浦さんて、なんていうかそんなふうに、すごく世間知らずなとこがありました。お人好しっていうのかなあ。図々しいっていうのかしら。世の中にある良いことは、全部自分にも権利がある、みたいに思い込んでて」

若いOLのその言葉には、無意識のうちにひけらかしている優越感がにじんでいた。彼女が若く可愛らしいだけに、蝶々の鱗粉が手についたときのように、加賀美は嫌な気持ちになった。

彼女と別れ、仁科と二人、近くのうどん屋で夕食をとった。うどんが運ばれてくる間に、仁科は店に備え付けの朝刊と夕刊を持ってきて、ぱらぱらと眺めていた。

朝刊では、どの社も、道恵の死を「自殺か？」と疑問符つきで報じている。夕刊ではもう続報を載せていないところが多く、一社だけ、彼女がクレジット会社に多額の借金をしていたことを書き、自殺の原因もそれではないかとほのめかしていた。記事の脇に、小さな顔写真まで載せてある。道恵の両親が提供したのだろう。長い髪を肩に垂らして、まっすぐこちらを見つめている写真だった。

「髪型が違うと別人みたいに見えますね」と、仁科が言った。

大浦道恵は美人ではなかった。だが、美人につくることのできる顔立ちをしていた。写真はとりわけよく撮れているものだったのだろう。新聞も、だから載せたのかもしれない。中年男がクレジット破産しても面白くもなんともないが、若い女性なら、どんなことにでも華がある。

夕刊をたたんで、仁科がこちらをのぞきこむような目をした。

「デカ長は、これは殺しだってにらんでいるんでしょう？」

加賀美は天麩羅うどんを音をたててすすり、返事をしなかった。

「ねえ、デカ長」

どんぶりを置いて、楊子を使い、それからやっと、加賀美は言った。「借金で死ぬような娘じゃないとは思っているよ」

「図々しいからですか？　それとも、実家が金持ちだから？」

「実家は関係ないよ。家がどれほど金持ちでも、借金は恥だという通念があれば、一銭だって借りられないものだ」

「じゃ、なんでです？」

「大浦道恵は、あの督促の山を見ても、自分が借金をしているなんていう実感がわいてこなかったんじゃないかな。だから平気だったんだ。督促が我慢できなくなるほど激しくなると、面倒臭いから親に清算してもらう。それでも懲りずにまた借りるのは、借金だなんて思ってないからだよ」

加賀美は首を振った。「キャッシングだとか言って、カード一枚で簡単に金を引き出すことができるご時世だよ。サラ金だってそうだ。カードであっさり貸してくれる。頭を下げる必要もなければ、恥ずかしい思いもしないでいい。ああ、こんなに楽に自分のものになるお金なら、最初から自分のお金だったのと同じだ――と勘違いする若者が出てきても、仕方がないと私は思うよ」

コーポ伊藤に戻ったときには、午後八時を十五分ほど過ぎていた。

「みんな、気の毒だな」と、仁科が言った。

「なにがだね？」

「今日は華の金曜日ですよ。それなのに、僕たち、聞き込みにゆくから在宅していてくれって頼んだでしょう？」

「一晩ぐらい、いいじゃないか」

一階の夫婦者たちは、それなりに興味を示して協力してくれたが、収穫はほとんどなかった。彼らは大浦道恵を知らず、彼女の顔さえ見かけたことのない者もいた。

一人だけ、103号室の夫のほうが、彼女の名前を言われてピンときたようだ。

「ああ、あのロングヘアのきれいな娘ですね」と答え、新妻ににらまれていた。

201号室には、部屋の主のほかに、三人の客がいた。二十歳ぐらいの男性が二人、女性が一人。全員学生であるようだ。安いウイスキーの大ビンが、テーブルのど真ん中に鎮座して、空気のなかに焦げたソースの匂いがした。

「もんじゃ焼きをやってるんです」

　部屋のあるじの若い女子大生が、そう注釈してくれた。女子大生という言葉を聞いて反射的に思い浮かべるようなタイプではなく、素顔に丸眼鏡、ショートカットの髪にはパーマっ気もない。黒目がちの目が楽しそうに躍っていた。

「大浦さんのことですよね。あたし、ニタニタしちゃいけないんだわ」

　真顔をつくって言う彼女に、加賀美は笑いかけた。「気にしないでいいよ。付き合いがあったわけじゃないんだろう？」

「はい。あたしと歳は近そうだったけど、挨拶もしたことなかったですね。彼女は社会人だったようだし」

「じゃあ、どんな人だったか訊いても無駄かなあ」

　丸顔眼鏡が首をかしげた。「そうですね……きれいな人――いえ、きれいにしてた人でした。ゴミの捨て方はだらしなかったけど」

「ほう。どんなふうに？」

「この地区の収集車は厳しくて、燃えるゴミは紙袋、燃えないゴミはビニール袋に入れて出さないと、持っていってくれないんです。それぐらい厳しいのが当然ですけどね。でも彼女、その決まりを全然守らなくて、いつも全部ごちゃまぜにしてビニール袋で出してました。あたし、何度か見かけたことがあったんです。燃えるゴミの日なのに、地面に袋を置いたらガチャンて音が聞こえて」

加賀美のうしろで、仁科が首のうしろをかいている。一人者の彼も、そのクチであるようだった。

「そういえばね」と、丸顔眼鏡の201号が目を輝かせた。「すごくヘンなこと、思い出しました」

「なんだね？」

「お隣の、202号室の浅田さん。彼女がね、一度、大浦さんの捨てたゴミを調べてたことがあるんです」

加賀美は思わず顔をしかめた。

「本当かい？」

「ええ。一カ月か——もっと前だったかなあ。夜、空気を入れ替えようと思って窓を開けたとき、偶然見えたんです。ゴミ収集場所はここのすぐ前だから。なにしてたのかわかんないけど、ビニール袋を開けて、中身をのぞいていたのは確かです」

「それが大浦さんのゴミだってこと、どうしてわかる？」

相手はクスクス笑った。「だって、夜中にゴミを出す人は二階のあたしたち三人ぐらいに限られてたし——朝、寝坊しちゃうからですけど——そのなかで、いつでもビニール袋を使ってるのは大浦さんだけでしたもの」

　奥の部屋のもんじゃ焼きの煙の向こうから、若い男の声が聞こえてきた。

「浅田さんて、２０２のあの美人？」

「美人につくってるだけよ」と、彼の隣に座っている娘が言った。

「そうよ。この二階の三世帯には、ミス・ビューティ・コンテストのベスト３が住んでたんだもん」と、丸顔眼鏡の彼女が笑ってやり返した。そして、つと表情をひきしめて加賀美に向き直ると、言った。

「そういえば、２０３の大浦さんと２０２の浅田さんは、なんとなく張り合ってるような感じがしましたね。服装とか、アクセサリーとか。漠然(ばくぜん)とした感じだし、二人は年齢(とし)も離れてるけど」

　礼を言って彼女の部屋を出るとき、加賀美は、台所の冷蔵庫の上に、無造作に、サルトルの『実存主義とは何か』が伏せてあるのを見つけた。

「読書かな？」と尋ねると、彼女は笑いながらうなずいた。

「よく理解できる？」

「ええ。少なくとも、自分はこんな難しいことは考えて生きなくてもいいんだなってことは。あたしよりもずっと先に、これだけ考えてくれてた人がいるんだもの」

２０２号室の浅田陽子は、今夜はきちんと化粧をしていた。そのまま外出できそうな支度をしている。テーブルの上にはコーヒーメーカーがあり、保温になったコーヒーが、いい香りをふりまいていた。

「ご苦労様です」と言って、彼女は加賀美と仁科を部屋に通した。彼女の部屋を見渡して、加賀美は、二階の三部屋がすべて同じ間取りであることを確認した。

手回し良く、陽子はカップを温めてさえいたらしい。すぐにコーヒーをふるまわれ、二人の刑事は感謝しながらカップを受け取った。仁科は気持ちよさそうな顔をしていた。

浅田陽子は三十一歳。コンピュータ・ソフトの販売会社の事務員だが、勤務歴はまだ半年。短大を出てすぐに就職した機械メーカーから転職したのだという。

「転職のときに引っ越したので、この部屋にも半年ぐらいしか住んでません。お隣の大浦さんのことは、顔がわかるくらいで……全然つきあいがありませんでしたね」

だから、彼女の人となりなど知らない。私生活も知らないし、まして、自殺の動機があったかどうかなんて、わかるはずもない、という。

陽子の部屋は、きちんと片付けられて、居心地のいい雰囲気（ふんいき）にしてあった。家具やカーテンは新品ではないが、安物でもない。じっくりと使い込んだ感じのワードローブが、部屋のなかでいちばん広いスペースをとっていた。

「いい箪笥ですね」

加賀美が誉めると、彼女はうれしそうに微笑んだ。「この部屋のクロゼットは狭すぎて、洋服が入り切らないんです」

「大浦さんも衣装持ちでしたよ。クロゼットにぎゅうぎゅう詰め込んであった」

「それじゃ、着るたびにアイロンをあてなきゃなりませんね」

「さもなきゃ、一度着ると、すぐクリーニングに出すのでしょう」と、加賀美は真面目に言った。

大浦道恵と違う点は、あとふたつあった。本棚の中身と、壁の絵画である。本棚には流行作家の小説が並び、絵画は淡いタッチの水彩画。隅にペンでサインが入れてある。

「リトグラフはお嫌いですか？」と加賀美が尋ねると、彼女は眉をひそめて首を振った。

「あれは、ただの流行ものです。今大量に売られているものは、みんな安直なコピーですよ。オリジナルなら欲しいけど、こうみんながみんなリトグラフ、リトグラフと騒いでると、本当に絵が好きな人間はしらけてしまいます」

ベッドの足元に、籐製のマガジンラックがあった。女性向きの雑誌は見当たらず、代わりに、日本経済新聞がつっこんであった。

加賀美がそれに目をとめると、陽子はすぐに言った。「少し、株を買ってるんです。儲けようというんじゃなくて、経済の勉強のために」

加賀美は感心した顔をしてうなずき、もうずいぶん昔に、一度だけ株を買ってみたときの体験談を披露した。それは自分のことではなく、遠縁の者の話の受け売りだったのだが。

陽子は熱心に聞いていたが、なんとなく落ち着かない感じだった。話の切れ目がくると、会話の舵をとりなおそうという様子で、仁科のほうへ向き直った。

「わたし、びっくりしました。ずいぶんお若い刑事さんがいらっしゃるんですね」

「へ？」

仁科は間の抜けた声を出し、あわててしゃんと背筋を伸ばした。加賀美は笑った。

「ごらんのとおり、まだまだ半人前です」

「でも、すごいわ。こんな事件の捜査を担当されるなんて」

仁科は頭をかいている。加賀美は水をかけるような口調で言った。

「なに、単純な事件ですよ。おそらく、大浦さんは自殺されたんです。九九パーセント間違いありません。我々は、念のために調べているだけで」

「詳しく調べたんですか?」

「それこそ、舐(な)めるように」と、加賀美は笑った。「現場も、お隣の部屋もね。鑑識も入りました。ルームクリーニングの業者より丁寧に掃除機をかけて、部屋の隅々までのぞいていきましたよ。我々は、少しでも怪しいと思ったら、そうやって調べるのです」

陽子は心細そうな声を出した。「でも、あの人は自殺するような人には見えませんでした……」

「きれいな人でしたね」

「ええ、本当に」

「個性的なショートカットがよく似合っていた」

「そうですね」陽子はうなずいた。「あれ、今パリで流行しているスタイルなんですって。大浦さんは流行にも敏感だったわ。いつも生き生きしてた」

加賀美はじっと陽子を見つめ、それから呟(つぶや)いた。

「生き生きしておられた」

「はい。自殺だなんて、信じられないわ」

「若い女性が、どんな些細(ささい)な理由で発作的に死のうとするものか、実例をあげたら、あなたはもっと驚かれるでしょうねえ」

陽子は目を伏せた。考え込んでいるような顔をしていた。やがて顔をあげ、ゆっくりと言った。

「わたし、大浦さんは誰かに襲われて突き落とされたんじゃないかと思ってました。ほら、お金目あてというのじゃなくて、若い女性をつけ狙（ねら）う、おかしな男が増えてきているでしょう？」

加賀美は大きくうなずいた。「そうですね。我々も、その可能性を考えています。その場合は、どんな小さな手がかりからでも、犯人を見つけ出すつもりですよ。東京がニューヨークのようになっては困りますからね。あなたも、一人暮らしで怖い思いをされたことがありますか？」

彼女は笑顔になってかぶりを振った。「いいえ。わたしはこう見えてもすごく用心深いんです。この部屋も、大家さんから許可をいただいて、窓もドアも全部鍵（かぎ）は二重にしてあるんですよ」

加賀美はその心がけを誉めてから、訊いた。

「それならご両親も少しは安心でしょう。ご実家はどちらです？」

「北千住（きたせんじゅ）なんです」

仁科が「へえ」と声をあげた。「僕は柏（かしわ）から通ってるんですよ。実家が都内にあるなら、もったいないなあ。なぜ出てきちゃったんですか？」

陽子は肩をすくめた。「北千住なんて、都内じゃないですよ」

「そうかなあ。そりゃ、ここのほうが都心には近いけど、その分家賃だって高いし……」

加賀美が割り込んだ。「イメージがスマートじゃないと嫌なんだろう。私は錦糸町に住んでいますが、地元の不動産屋が、同じような理由で若者に嫌われるとこぼしていましたよ」

「そうですね。ホントですよ」と、陽子はきっぱり言った。

加賀美はゆっくり立ち上がった。「とんだ長居をしてしまいました。コーヒーをごちそうさまです。せっかくの週末の予定を邪魔してしまったのではないですか」

陽子は鷹揚（おうよう）に笑った。「たまには、部屋で一人で静かに過ごすのもいいものです。久しぶりでのんびりしましたもの」

「じゃあ、いつもの週末は？」

「そうですね。いろいろです」陽子は目をくるりと動かした。「遊ぶところはたくさんありますもの」

「東京は面白い街ですな」

ドアのほうへ向かい、もう一度挨拶をかわしてから、加賀美は急いで振り返った。

「そうそう。203号室には、大浦さんのご両親がいらしています。お嬢さんの遺品を整理しておられると思います。もし万が一、大浦さんから借りたままになっているものや、貸したままになっているものがあったら、声をかけてあげてください」

陽子はにっこりと笑い、優美な動作で頭をさげると、「お気をつけて」と言って、二人の刑事を送り出した。

外階段を降りて表に出てから、加賀美は仁科を振り向いた。

「さてと。張り番だよ」

さして長く待つ必要はなかった。一時間と八分後、202号室のドアが開いて、真っ赤なセーターを手にした陽子が現われ、203号室のドアをノックした。開いたドアの死角に入るようにして、加賀美と仁科は彼女に近づいた。声が聞こえてきた。

「ええ、そうなんです。これは道恵さんのお気にいりのセーターで――すみません、わたし、お借りしたまま忘れていたんです。思い出してよかったわ」

道恵の母親だろう、白い手がのびて深紅のセーターをつかもうとしたとき、加賀美は素早く近寄り、陽子の手と、彼女の手のなかのセーターを押さえた。

陽子は硬直した。見開いた瞳まで凍りついてしまったようだった。

「浅田さん、いいセーターですね」

加賀美はセーターを手に取り、衿のマークをめくってみた。

「高級なブランドだ。こういう製品を扱う店は、顧客リストをつくって管理しているはずです。そうでなくても、あなたはたぶんクレジットカードを使っているはずだから、調べればすぐにわかる。このセーターは大浦さんのものではなく、あなたのものだということが」

どういうことですか？　と尋ねたのは、道恵の母親だった。陽子はただ茫然として、その場に立ちすくんでいる。

「浅田さん。なぜ嘘をついてまで、これを、この203号室に置きたいのですか？　当ててみましょうか。なぜなら、このセーターには、大浦道恵さんの髪の毛がついているかもしれないからだ。彼女が昨夜、いきつけの美容院でカットしてもらったとき、彼女の衣服についた髪の毛が、あなたが彼女ともみあったとき、あなたのセーターにもついてしまったかもしれないと思ったからだ」

陽子のくちびるが白くなった。

「あなたは、彼女のカットした髪の毛がついているものを、自分の部屋に置いておきたくなかった。ひょっとしたら、万にひとつ、我々があなたを疑って、あなたの部屋を舐めるように調べるかもしれないと思ったから。そうですね？」

わななくくちびるを動かして、陽子はかすれた声で言った。「彼女は自殺したんでしょ？」

「いや、違う。彼女を歩道橋から突き落としたのは、あなたです。計画的なことではなかった。発作的にやってしまったことだった。そうでしょう？　だからあなたはずっとビクビクしておられたはずだ」

陽子は身動きひとつしなかったが、仁科がゆっくり移動して、加賀美と二人で彼女を挟む位置に立った。陽子は責めるように彼を見上げたが、仁科は黙って首を振った。

「大浦さんの髪の毛がついているかもしれないセーターなら、大浦さんの部屋に戻せばいい。あなたはそう考えた。でも、浅田さん。もうそんなことをしても手遅れです。あなたは大変なミスをしたのだから」

「どんな？」と、陽子は訊いた。子供が教師に質問するときのような、好奇心だけの、他意のない口調を装っていた。

「さっきあなたは、大浦道恵さんのショートカットは今パリで流行しているスタイルだ、と言った。だが、彼女が髪を切ったのは、昨夜の午後九時ごろのことです。

それまでは、新聞の顔写真と同じロングヘアだった。そして、彼女はヘアスタイルを変えたあと、このアパートには戻っていない。とうとう戻れなかった。それはわかっているんです。彼女は、帰り道の歩道橋の上で、殺人者に出会い、突き落とされて亡くなった。それなのに、なぜあなたが、彼女のショートヘアについて語ることができたんです？」

深夜になって、取調室で、浅田陽子はやっと口を開いた。

「あの娘――道恵さん、昔のわたしとよく似てたんです。わたしよりお金は派手に使ってたけど、暮らしぶりはそっくりだった。きれいに着飾って、化粧して、週末は遊び回って。先のことなんか全然考えてない。そのうちいい男を見付けて結婚して、それで万事ＯＫだと思ってたから」

でも、そうじゃなかった。

「わたし、あの娘が憎らしくて仕方なかった。どんな暮らしをしてるのか確かめたくて――クリスマスとか、彼女が誰からどんなものをもらったのか確かめたくて、ゴミ袋を探ったことだってあるわ。憎らしくて、妬ましくて、自分でもどうしようもなかった。だって、あの娘は若いんだもの！」

あなただってまだ若い。取り調べの刑事がそう言うと、彼女は笑った。

「若くなんかありません。それだけでいい目をみることができるほど若くはないんです。刑事さん、今の社会では、わたしはもうおばあちゃんなのよ。誰も振り返ってくれないわ。会社でだって、盛り場でだって、町を歩いていたって。もう、舗道の石と同じなの。大浦さんと同じものを着たって、どう化粧をしたって、彼女には勝てっこない。それなのに、その彼女が隣にいるの。隣で暮らしてる。昔はわたしも持ってたものを、彼女が今、全部持ってる。それをわたしに見せつけてる。わたしは黙って見てるしかない。どうやったって若返ったりできないもの！　もう楽しいことなんか何もない。みんな楽しんでるのに、わたしはそこからもう落ちちゃったの。二度と戻ったりできない。でも、わたし諦めきれなかった」

あの夜——週末も間近の、木曜日の夜——

「部屋にいるのもつまらなくて、近所のコンビニエンス・ストアに行ったんです。ついでに足をのばしてレンタルビデオ屋にも行こうと思った。そこで——あの歩道橋の上で彼女とすれ違ったの」

大浦道恵は髪をばっさりと切り、うなじを出していた。寒そうに首をすくめ、でも輝いていた。

「あの娘、ショートカットにしてた。それで得意そうな顔して、胸を張って歩いてた。モデルみたいな格好をして、本当にモデルかタレントみたいに見えたわ。それなのに、わたしは普段着で、コンビニのポリ袋を下げてたの。週末も近いのにね」

すれ違ったとき、道恵は微笑(ほほえ)んで会釈(えしゃく)したという。

「バカにされたって、そのときわかったの。わたしのことバカにしてる。週末どこにも行くところがなくて、誰にも誘ってもらえない可哀相(かわいそう)なおばさん。あたしみたいにショートカットにしたくても、もうそんな冒険もできない可哀相なおばさん、どこ行くの？　お腹(なか)のなかでそう言って笑ってる。はっきりわかったわ」

「髪を切るのがなぜ冒険なのだね？」

尋ねた刑事に、陽子は嚙(か)みつくような勢いで答えた。

「ロングヘアは、わたしの最後の砦(とりで)なんです。きれいで、女らしくて、男の人に好かれる女だってことの、最後の証拠だもの。若ければ――もっと若ければ切ったって平気よ。でも、わたしはもうトシなのよ。髪まで切ったら女であることをやめなきゃならない。あの娘、それを知ってて、わざとショートカットにしてわたしに見せびらかしたのよ」

陽子は思わず、立ち去る道恵の背中に言っていた。この、あばずれ。

「あの娘、振り向いた。そして言ったの。『なあに？』って。だからもう一度言ってやったの。そしたら彼女、真っ赤になったわ。そしてわめいたの。わたしにわめいたの」

なによ、オバン。そう言った。

もみあいになり、気がついたら道恵は下に落ちていた。とっさに自殺に見せかけようと思いつき、彼女のハイヒールとバッグを揃えて、自分は靴を脱いで逃げ出した。家に帰って、震えをとめるためにお風呂に入った。そこへ刑事がやってきた

――

「いつ、気がついたんですか?」

刑事部屋の隅でコーヒーを飲みながら、仁科が訊いた。

加賀美はがっくりと疲れていた。目がちかちかする。

「事件が起こってすぐ、あの部屋に聞き込みに行ったときに」

「そんなに早く? 信じられませんよ。なぜです?」

あの夜、刑事たちがドアをノックしたとき、浅田陽子は「お風呂に入ってるんです!」と答えた――

「そうですよ。事実、そうだったからでしょう?」

加賀美はコーヒーカップを置いた。

「たとえ本当にそうだったとしても、一人暮らしの若い女性が、深夜いきなりドアを叩かれたとき、『わたしお風呂に入ってるので出られません!』と答えるわけが

ないよ。それじゃ、一人きりで無防備な状態でいると宣伝しているようなものだ。いくら相手が『警察です』と名乗っていようと、それが嘘ではないという証拠はないんだよ。風呂にいますなんて言って、ドアの向こうの男に妙な気でも起こされたらどうする。どれ、ちょっと窓をこじ開けてみようか――なんてね。そういうときは、『ちょっと手が離せません』と答えるか、黙って無視するか、どちらかだろう」

仁科は考え込んでしまった。

「だから、おや、と思ったんだよ。この女性は、今夜この時刻、急き込んでドアをノックする男がいたら、それは警察の人間であるはずだと予測していたんじゃないかな――とね」

結局、加賀美は始発で帰宅する羽目になった。ぼんやりと車内広告をながめていると、女性雑誌の広告が目についた。

「これからはキュートなショートヘアの時代！」

「メガロポリス東京のシティ・ナイト・クルージング　これからお薦めのこのお店」

加賀美は窓の外の景色へと視線を移した。

メガロポリス東京、か。

果たして、東京なんて街は実在しているのだろうか。そんなものは、この種の雑誌やテレビで創りあげられた幻に過ぎないのではなかろうか。

若者たちが、「そこに行けば誰でも幸せになれる」と夢見ている、その夢のなかにだけある都市なのではなかろうか。

大浦道恵は長崎の出身だった。浅田陽子は北千住で生まれ育った。そして、そこは「東京」ではないと言っていた。だから出てきたのだと。

長崎にも、福岡にも、大阪にも神戸にも名古屋にも実体がある。それはそこに存在している。

だが、東京にはなにもない。なにひとつ。

地図上の東京に生まれ育った者にとっても、事情はまったく変わらない。土着の東京人にも、「東京」は見えない。あるのはただ、北千住や、田端や、世田谷や杉並や荒川や江戸川。自分を育んでくれた町だけだ。そこでは赤ん坊が泣き、子供が喧嘩し、ときには少女が行方不明になったり、老人が安楽死したりしている。清濁あわせのむ、あたりまえの街とあたりまえの暮らしがある。

だが、「東京」は幻だ。すべての人にとって、公平に幻なのだ。

外から見れば、国際都市・情報都市TOKYOがあるのだろう。無限に金の稼げる都市、黄金郷東京があるのだろう。地方から見れば、夢が実り富が待ち華やかな暮らしが約束されている東京があるのだろう。

だがそれは、しょせん虚像だ。外からしか見ることのできない、つかむことのできない都市。最初からどこにもない都市。

そして、つかのまでもそこの住人になるためには、若くなければならない。歳をかさねたら、この都にはいられなくなるのだ。

道恵も陽子も、言ってみれば「東京」に騙されたようなものなのかもしれない。「東京」に、「幸せ詐欺」にかけられたのだ。

「東京」は無限に金を与えてくれる。楽しみを与えてくれる。決して裏切らないような顔をして。

だが、陽子が歩道橋から突き落としたのは、彼女を裏切った「東京」だった。

帰宅すると、まっすぐ台所へ行き、お神酒を流して捨てた。それからコップ一杯の水を飲み干した。

道子が起きてきて、「お疲れ様」と声をかけた。妻に背中を向けたまま、加賀美はぼそりと言った。

「なあ、道子」

「なあに」

「おまえ、東京タワーの正面がどこか、わかるか?」

道子は黙っていた。

「俺にはどこから見ても、いつ見ても、東京タワーは俺たちに背中を向けてるように見えるよ」

道子が静かに歩いて、コンロにやかんをかけた。

「いいじゃありませんか。どっちにしろ、うちの窓から東京タワーは見えませんよ」

少しして、やっと加賀美はちょっと笑った。まだ、かすかにお神酒の匂いが残っていたが、道子が味噌汁をつくれば、それもすぐにかき消されてしまうだろう。

解説——嫌度数マックスの作品集

細谷正充

イヤミスとは、ミステリーの一ジャンルである。といっても明確な定義は難しい。二〇一九年に私が編者を務めた、女性作家によるアンソロジー『あなたの不幸は蜜の味——イヤミス傑作選』の解説でも、

「イヤミスの定義はなかなか難しいのだが、とりあえず読み終わったときに嫌な後味が残るミステリーとしておこう。嫌な後味というとマイナス評価のようだが、それこそが読みどころ。時に人が不快なものから目を逸らせなくなるように、手に取りたくなる独特の魅力があるのだ。それがイヤミスである」

と書いた。嫌な後味を楽しめるのは、フィクションだからこそである。そういえば二十世紀初頭のパリでは、血みどろの「残酷劇」「恐怖劇」を上演した、グラン・ギニョール劇場が大衆の人気を獲得したそうだ。このように残酷と恐怖を娯楽として消費したのも、イヤミスが持て囃されるのと同じような、人間の感情があったのではないか。ハッピーエンドを求める心があれば、バッドエンドを求める心も

ある。イヤミスの与えてくれる暗い愉悦も、フィクションの楽しみなのである。

実際、『あなたの不幸は蜜の味――イヤミス傑作選』（以下、前巻と表記）は、多くの読者に支持され版を重ねた。そして第二弾となる本書を刊行することになったのである。選ぶ作品が女性作家のイヤミスなのは前提として、今回はどのような趣向を凝らすか。考えた結果思いついたのが、嫌度数を増すことだった。前巻よりもさらに、嫌な後味が残る物語を集めたつもりである。どうかたっぷりと、イヤミスの世界を堪能していただきたい。なお、宇佐美まことの「福の神」と、降田天の「ひとりでいいのに」は、本書のために書き下ろされた作品である。

「パッとしない子」辻村深月

小学校の教師である松尾美穂は、今は国民的アイドルになっている『銘ze』のメンバー、高輪佑の弟の担任をしていた。運動会の件で、佑とかかわったことがあるのが、ちょっとした自慢だ。そんなとき、テレビ番組で佑が学校にやってくる。番組の収録が終わった後、佑から声をかけられ、ふたりで話すことになり、嬉しさを感じる美穂。だが佑の話は、意外なものだった。

前巻に収録した「石蕗南地区の放火」に続き、辻村作品を採った。それだけ優れたイヤミスを書いているのだ。本作を読めば、一目瞭然だろう。佑と話すことになって舞い上がっていた美穂は、自分が覚えていたのとはまったく違う、過去の事実を突きつけられる。美穂は悪人ではない。だが、無自覚に佑の一家を傷つけていたのだ。こういうのも二段オチというのだろうか。立て続けに明らかになった事実が、美穂を絶望の淵に叩き落とす。トップを飾るに相応しい、イヤミスである。

「福の神」宇佐美まこと

二〇〇六年、第一回『幽』怪談文学賞（短編部門）大賞を「るんびにの子供」で受賞した作者は、以後、ホラーとミステリーを中心に執筆活動を続けている。二〇一七年には、ミステリー『愚者の毒』で、第七十回日本推理作家協会賞（長編及び連作短編集部門）を受賞した。どちらのジャンルでも、人間の歪んだ情念を掘り下げているのが特徴といえよう。

当然、本作も、人間の歪んだ情念が掘り下げられている。それぞれに問題や越えられない壁を抱えていた一家。そこに韮崎千秋という女性が出入りするようになる。次々と家族の問題が解決することを不思議に思った、一家の主婦の冴子は、ある法則に気づいた。

ホラーとミステリーを融合させたような、実に不気味な話である。最初の方のなにげないエピソードに重要な意味があったことが分かる場面など、素晴らしいものであった。どんどん嫌度数の上がるストーリーの行方を、見届けてほしい。

「コミュニティ」篠田節子

人間の本質を深く見つめる作者は、必然的にイヤミスといえる作品を執筆している。なぜなら人の心の奥には、さまざまな嫌な部分が潜んでいるからだ。どの作品を選ぶか悩んだが、独特の嫌な世界を創り上げた本作にした。

遠藤一家は、ローンの残るマンションを売り、築三十五年を過ぎた公社住宅に引っ越してきた。金に困っての都落ちである。片道二時間半の通勤になった和則も、子供の病気が原因で会社を退職した妻の広江も、今の境遇に不満しかない。少ない住人が、妙に団結しているのも、なんとなく不気味だ。しかしある日を境に、広江は団地での生活に馴染み出す。一方の和則は、団地の住人という以外は名前も知らない女性に誘われ、セックスをしてしまうのだった。

作者は巧みにエピソードを積み重ねながら、やがて団地に、原始共同体ともいうべきコミュニティが形成されていることを読者に知らせる。このアイデアだけでも面白いのだが、真に凄いのはストーリーの締めくくり方だろう。詳しくは書かないが、見方によってはハッピーエンドといえる。だからこそ、なんともいえない嫌な気持ちが胸の中に生まれるのだ。

「北口の女（ひと）」王谷 晶

本作が収録された、王谷晶の短篇集『完璧じゃない、あたしたち』との出会いは衝撃的だった。恥ずかしながら、それまでまったく視界に入っていない作家だったが、面白いとの評判を聞いてなんとなく手に取った。しかし一読、ビックリ仰天（ぎょうてん）。どれもこれも面白い。あまりにも面白かったので、ちょうど立ち上げた細谷正充賞という、私が選ぶ文学賞の第一回の受賞作の一冊に選んでしまったほどである。その『完璧じゃない、あたしたち』の中で、特にぶちのめされたのが、本作なのだ。大麻取締法違反で逮捕され、不起訴になったものの事務所を解雇され、生まれ故郷に戻ってきた大物演歌歌手の磐梯山（ばんだいさん）ミヤコ。主人公の〝私〟は、そのミヤコの付き人だ。今も、ミヤコの故郷で彼女の姉が経営する弁当屋で働き、生活を支えている。そんなとき、〝一拍（いっぱく）さん〟というあだ名を付けた若い女性が、とてつもない歌唱力の持ち主と知る。部屋に閉じこもってゲームばかりしているミヤコに、〝私〟は〝一拍さん〟の凄さを伝えるのだが……。

才能を持つ者と持たない者。その差がもたらす絶望を、作者は鮮やかに表現する。それを際立（きわだ）たせるのが、最後の〝私〟の叫びで明らかになる、意外な事実だ。ミステリーでいうところの〝フィニッシング・ストローク（最後の一撃）〟を、見事に決めた逸品である。

「ひとりでいいのに」降田天

鮎川はぎの名義でライトノベルを執筆していた作者は、現在のペンネームを使った「女王はかえらない」で、第十三回『このミステリーがすごい！』大賞を受賞し、ミステリーの世界に躍り出る。この作品が、高品質のイヤミスであった。その後、作風を拡大しているが、本作を読んで作者がイヤミスの優れた書き手であることを、あらためて確信した。

弓野真帆と里帆は、双子の姉妹。小学六年の夏、額にニキビが出来たのをきっかけに真帆は、里帆が自分を見下しているのではないかと思うようになる。その負の感情は成長するに従い、里帆の死を願うまでになった。

いささか内容に踏み込むと、里帆も真帆に対して、死を願うほどの憎しみがある。姉妹の愛憎劇ならぬ〝憎憎劇〟は、まさにイヤミスの王道だ。しかもストーリーが二転三転。最初の展開こそ、ミステリーを読み慣れた人なら予想がつくだろうが、以後は翻弄されるはず。最後の最後まで続く嫌なテイストに、舌鼓を打ってしまうのである。

「口封じ」乃南アサ

乃南作品も前巻の「祝辞」に続き、再度の登場である。そして嫌度数という意味では、「祝辞」を上回るかもしれない。まず読者は、主人公の伊原孝枝に、嫌な気持ちを抱くだろう。完全看護の病院で付添婦をしているが、担当患者を脅して追い出したベッドで平然と寝る。家に帰れば、万引きをした子供たちの件で訪ねてきた、駄菓子屋と雑貨屋を兼ねた店の女房と、斜め向かいに住んでいる植田家の妻に、不機嫌な態度を取るのだった。

そんな孝枝の嫌らしさを見せつけた作者は……、ああ、ここから先は、是非とも読者自身の目で確認してほしい。まさかこんな「残酷劇」になるとは！　しかも孝枝の言動に、ちょっとだけ同意したくなる。きっと、清く正しく生きている人を、どこかで鬱陶しく思う気持ちがあるからだろう。読者の心の暗い部分を刺激する、嫌度数マックスの名品である。

「裏切らないで」宮部みゆき

ラストは前巻と同じく、宮部作品である。すでに読んだ人は、どこがイヤミスなのかと思うかもしれない。だが、そこに作者の巧みな小説技法がある。最初と最後を、主人公の刑事・加賀美敦夫とその妻の描写にすることで、嫌度数を下げているのだ。エンターテインメントとしての、読み味を考えてのことだろう。

それだけ加賀美が回想する、過去の事件の嫌度数は高い。銀座の画廊で働く若い娘が、歩道橋から転落して死んだ。他の刑事の考えが事故死に傾く中、かすかな不審を抱いた加賀美は、捜査を続けるのだった。ちょっとした手掛かりから犯人を指摘する、加賀美の名探偵ぶりが鮮やかだ。

これと並んで読みどころとなっているのが、被害者と加害者の肖像だ。捜査によって明らかになる、被害者の空疎な生活。砂を嚙むような加害者の、犯行の動機。東京という都市の持つイメージに搦めとられるように破滅した、ふたりの女性の姿に、複雑な感情を抱かずにはいられない。この物語は本質の部分に、イヤミス成分を抱えているのである。

本書のようなテーマ・アンソロジーは、読み味の似た作品が並んでしまう危険性がある。その点に注意して、バラエティに富んだイヤミスをセレクトしたつもりだ。だから、あなたの心にマッチするイヤミスが必ず一作はあると、自負しているのである。本書を存分に楽しみながら、その一作を発見してほしい。

（文芸評論家）

〈出典〉

◎「パッとしない子」(辻村深月『嚙みあわない会話と、ある過去について』所収、講談社文庫)
◎「福の神」(宇佐美まこと、書き下ろし)
◎「コミュニティ」(篠田節子『コミュニティ』所収、集英社文庫)
◎「北口の女(ひと)」(王谷 晶『完璧じゃない、あたしたち』所収、ポプラ文庫)
◎「ひとりでいいのに」(降田天、書き下ろし)
◎「口封じ」(乃南アサ『幸せになりたい』所収、祥伝社文庫)
◎「裏切らないで」(宮部みゆき『返事はいらない』所収、新潮文庫)

降田 天（ふるた　てん）

萩野瑛と鮎川颯による作家ユニット。2014年、「女王はかえらない」で『このミステリーがすごい！』大賞、18年、「偽りの春」で日本推理作家協会賞（短編部門）を受賞。著書に、「狩野雷太」シリーズである『偽りの春』『朝と夕の犯罪』のほか、『彼女はもどらない』『すみれ屋敷の罪人』などがある。

乃南アサ（のなみ　あさ）

1960年、東京都生まれ。早稲田大学中退後、広告代理店勤務などを経て、作家活動に入る。88年、『幸福な朝食』で日本推理サスペンス大賞優秀作、96年、『凍える牙』で直木賞、2011年、『地のはてから』で中央公論文芸賞、16年、『水曜日の凱歌』で芸術選奨文部科学大臣賞を受賞。著書に、『団欒』『しゃぼん玉』『六月の雪』などがある。

宮部みゆき（みやべ　みゆき）

1960年、東京都生まれ。87年、オール讀物推理小説新人賞を受賞してデビュー。92年、『本所深川ふしぎ草紙』で吉川英治文学新人賞、93年、『火車』で山本周五郎賞、99年、『理由』で直木賞、2002年、『模倣犯』で司馬遼太郎賞、07年、『名もなき毒』で吉川英治文学賞を受賞。著書に、『桜ほうさら』『＜完本＞初ものがたり』『あかんべえ』、「きたきた捕物帖」「三島屋変調百物語」「杉村三郎」シリーズなどがある。

編者紹介

細谷正充（ほそや　まさみつ）

文芸評論家。1963年、埼玉県生まれ。時代小説、ミステリーなどのエンターテインメントを対象に、評論・執筆に携わる。主な著書・編著書に、『歴史・時代小説の快楽 読まなきゃ死ねない全100作ガイド』、「時代小説傑作選」シリーズなどがある。

著者紹介

辻村深月（つじむら　みづき）

1980年、山梨県生まれ。2004年、『冷たい校舎の時は止まる』でメフィスト賞を受賞してデビュー。11年、『ツナグ』で吉川英治文学新人賞、12年、『鍵のない夢を見る』で直木賞、18年、『かがみの孤城』で本屋大賞を受賞。著書に、『ゼロ、ハチ、ゼロ、ナナ。』『本日は大安なり』『オーダーメイド殺人クラブ』『水底フェスタ』『ハケンアニメ！』『傲慢と善良』『琥珀の夏』『闇祓』などがある。

宇佐美まこと（うさみ　まこと）

1957年、愛媛県生まれ。2006年、「るんびにの子供」で『幽』怪談文学賞短編部門大賞、17年、『愚者の毒』で日本推理作家協会賞（長編および連作短編集部門）を受賞。著書に、『骨を弔う』『いきぢごく』『展望塔のラプンツェル』『黒鳥の湖』『夜の声を聴く』『子供は怖い夢を見る』『月の光の届く距離』『夢伝い』などがある。

篠田節子（しのだ　せつこ）

1955年、東京都生まれ。90年、『絹の変容』で小説すばる新人賞を受賞してデビュー。97年、『ゴサインタン』で山本周五郎賞、同年、『女たちのジハード』で直木賞、2009年、『仮想儀礼』で柴田錬三郎賞、15年、『インドクリスタル』で中央公論文芸賞、19年、『鏡の背面』で吉川英治文学賞を受賞。著書に、『田舎のポルシェ』『セカンドチャンス』などがある。

王谷 晶（おうたに　あきら）

1981年、東京都生まれ。2012年、「猛獣使いと王子様」のノベライズ作品でデビュー。21年、『ババヤガの夜』で日本推理作家協会賞（長編および連作短編集部門）で最終候補に選出。著書に、『あやかしリストランテ　奇妙な客人のためのアラカルト』『探偵小説（ミステリー）には向かない探偵』などがある。

本書は、ＰＨＰ文芸文庫のオリジナル編集です。

PHP文芸文庫　あなたの涙は蜜の味
イヤミス傑作選

2022年9月22日　第1版第1刷

著　者　辻村深月　宇佐美まこと
篠田節子　王谷　晶
降田　天　乃南アサ
宮部みゆき
編　者　細　谷　正　充
発行者　永　田　貴　之
発行所　株式会社ＰＨＰ研究所
東京本部　〒135-8137 江東区豊洲5-6-52
第三制作部　☎03-3520-9620（編集）
普及部　☎03-3520-9630（販売）
京都本部　〒601-8411 京都市南区西九条北ノ内町11
PHP INTERFACE　https://www.php.co.jp/

組　版　朝日メディアインターナショナル株式会社
印刷所　株式会社光邦
製本所　株式会社大進堂

ISBN978-4-569-90236-4